庫

夜《よ》鴉《がらす》おきん

御宿かわせみ12

平岩弓枝

文藝春秋

目次

夜鴉おきん

酉《とり》の市《いち》の殺人《さつじん》

一

その年の一の酉は十一月十一日であった。

春を待つことのはじめや酉の市、と其角《きかく》が詠んでいるように、江戸の人々にとって、酉の市は欠かすことの出来ない年末の行事であった。

酉の市は、本来、酉の祭で、鷲《おおとり》大明神の祭の日である。

諸方にある鷲大明神の中《うち》、本酉と呼ばれて、もっとも古くから行われているのが葛西《かさい》花又村の鷲大明神で、祭礼の当日には境内はもとより参道の両側に、ずらりと市がたつ。つまり、酉の祭が、酉の市と呼ばれる所以《ゆえん》であった。

大川端の「かわせみ」でも、毎年、必ず番頭の嘉助《かすけ》が花又村まで出かけて行って、飾り熊手という、大きな熊手に宝船だの千両箱だのの細工物を取りつけたのを買って来る。

「今年は、あたしもお参りに行って来ようかしら」

とるいがいい出したのは、来年がるいの生まれ年と同じ干支《えと》で、自分と同じ干支の年はあまりいいことがないという俗信を、少しばかり気にしていたためである。

「それはそうなすったほうがよろしゅうございますよ。お酉様は厄除けにも霊験あらたかだといいますから……」

早速、同調したのは女中頭のお吉《きち》で、

「なんでしたら、あたしもお供を致します」

という。

るいとお吉が出かけるとなると、どうしても嘉助は留守番役に廻らねばならず、

「まあ、日帰りのことでございますし、舟で行く分には道中、どうということもありますまいが……」

女だけ二人というのを、嘉助はためらっていたのだが、たまたま、るいからその話を聞いた東吾《とうご》が、

「そいつは面白そうだな。熊手を買いに行くなら俺がみてやる」

といい出したので、

「若先生が御一緒なら……」

ほっとした表情で、早速、お吉に道中のこまごました用意をいいつけた。

江戸から日帰りで行けるといっても、千住大橋を渡ってから、およそ二里、女の足で

の往復は駕籠《かご》でも使わないと、到底無理な道のりである。

ましして、晩秋の日は暮れやすい。

「舟で参りますと、大川を荒川へ上って綾瀬川沿いに花又村の近くまで着きますが、何分、時間がかかりますのと、綾瀬川に入ってからは川幅が狭く、水深もあまりございませんので、屋根舟の往来が難しゅうございます。といって吹きっさらしの舟では寒くてたまりますまい。手前はいつも陸路を参りますが、千住を過ぎますと、かなり道が悪くなりますので、駕籠のほうがよろしゅうございましょう」

と嘉助がいい、大川端から駕籠で出かけるのも仰々しいというるいの意見で、浅草の橋場町までは舟で、そこから陸地を行こうと相談がまとまった。

早朝六ツ（午前六時）に、前夜から「かわせみ」に泊った東吾を先頭に、旅仕度のるいとお吉が、嘉助や女中達に見送られて屋根舟に乗る。

障子をたて廻した屋根舟の中は、炬燵《こたつ》が出来ていて、

「なんだか、旅に出たという気が致しませんね」

お吉がもの足りなそうな顔をするほど、のんびりした出立であった。

まだほの暗い舟の中で、ざぶりざぶりと川波を切って行く櫓《ろ》の音を聞きながら、るいは東吾に寄り添って、うっとりしていた。

こんなふうに、東吾と酉の市に出かける日があろうとは夢にも思っていなかったのだ。

お吉のほうは、まめまめしく、舟に積んで来た風呂敷包の中から、まだ温かい握り飯

の包を取り出し、煮しめや卵焼の入った重箱を開き、熱い茶をいれて東吾に勧めると、これは朝から気持のいいほどの健啖《けんたん》ぶりで、片端から平らげて行く。

やがて、朝の陽が大川に射して来て、吾妻橋を過ぎる頃、葛西からやって来る野菜舟が売り声を響かせながら下って行くのに、出会うようになった。

橋場で舟を上り、一面の田や畑の中の道を歩いて行くと、千住大橋へ出る。

東吾にとってはどうということないこの辺りだが、日頃、遠出をしつけていないるいとお吉には、なにを見ても物珍しいようで、

「若先生、ごらんなさいまし。白鷺《しらさぎ》が居りますよ」

とお吉が叫べば、

「江戸にも、まだ、こんな田や畑ばかりの所がございますのね」

とるいが感心する。

「そりゃあ、江戸といったって、ここらは、はずれのはずれだ。第一、そのむこうは小《こ》塚原《づかつぱら》といって、罪人の首を斬るところだぞ」

などと東吾がおどすようなことをいっても、

「まあ、お嬢さん、あそこの百姓家の軒先に干してある柿がおいしそうなこと、少し、頼んでわけてもらいましょうか」

「お土産は帰りにしなさいと嘉助がいったでしょう。むこうへ行ったら、お吉の欲しがるものが、たんと市に並んでいるからと……」

浮き浮きと歩いて行く女たちの耳には、まるで入らないようである。

千住の宿場で、

「まだ、歩けます」

というるいとお吉を、

「歩きたけりゃ、むこうへ着いてから、たっぷり歩かしてやるよ」

強引に駕籠にのせ、

「若先生がお歩きになるのに、私が駕籠に乗るわけには参りません」

ぶつぶついうお吉を無視して、東吾はのんびりと秋の田舎の風景を眺めながら歩いて行った。

林田を過ぎ、やがて竹のつか、保木間、水神と、このまま日光街道を行けば草加の宿に出るのだが、花又村は水神から村道へ入る。

もう、その附近から参詣客が多くなっていた。

大方が江戸から来たらしい、旅仕度、足ごしらえであった。

ここから先は駕籠は入れませんというところで、るいもお吉も勇み立って駕籠を下りる。

畦道《あぜみち》であった。

見渡す限り田と畑であった。

農家の藁《わらぶ》葺き屋根が点在する他には、遠くこんもりした木立がみえるだけである。

遥かな山脈の頂上には雪が白い。

「みろ、これが正真正銘の田舎というものだ。これからみりゃあ橋場の裏なんぞは、やっぱり江戸の田舎と思うだろう」

霜どけの道を、るいの手をひいて歩きながら、東吾が可笑《おか》しな講釈をいい、お吉が素直にうなずいた。

「これで、おまいりの人が通らなかったら、気が遠くなるほど閑静でございましょうね」

畑には麦が僅かにのびていた。

流石《さすが》に今日は畑に出て働く人の姿はない。

「番頭さんがいっていましたよ。この近在のお百姓は、みんなお酉様の市に、物売りに出るそうで……」

その、酉の市は、土橋を渡ったところから続いていた。

道ばたにむしろを敷いて、柚《ゆず》や柿、蜜柑《みかん》、金柑を並べる者があるかと思うと、その隣には鍬《くわ》や鎌《かま》、鋤《すき》などの農具を売っている。

大小さまざまの竹細工、笊《ざる》を商うもの、川魚の干したもの、芋や大根、或いは小間物、古着、竹の大熊手、竹箒《たけぼうき》、更には飴や粟餅《あわもち》や饅頭など、ところせましと俄《にわ》か店が参道を埋め尽し、境内に入ると、柄の短い竹熊手に宝船、お福の面、千両箱などを結びつけた縁起物が魔除けとして人気を集めている。

社殿へぬかずいてから、東吾はるいのために護符をもらい、お祓《はらい》をしてもらった。

そこから眺めると、境内の裏側に当るところに板囲いがしてあって、内《なか》から賭博をやっているらしい声がする。

「ちょっと前までは、境内中で辻賭博をやっていたそうですよ。あんまりひどいので、お上が禁令をお出しになったとかで……でも、内緒であんな所でやっているんですね」

それも、嘉助から聞いたことらしく、お吉は眉をひそめて板囲いのほうをみている。

「祭に盆茣蓙《ぼんござ》はつきものさ、お上も、適当にお目こぼしをしているんだ」

群衆にもまれながら、東吾は女二人をかばって、なんとか境内の熊手を売っている店のほうへ連れて行った。

売り手と買い手が値をつけ合って、値段が折り合うと、しゃんしゃんと手をしめる。

ちょうど一本の大熊手が売れたところであった。

買い手は、一見して江戸から来たと思われる中年の夫婦者で、かなり裕福な暮しをしているのだろう、番頭らしい男と小僧がお供についている。

東吾が目をとめたのは、その女房がさりげなくふりむいて、境内を見廻すようにしたからであった。紫のお高祖《こそ》頭巾をしているが、僅かにのぞいた顔は、なかなかの美貌であった。お納戸《なんど》色の小紋に繻子《しゅす》の帯、道中の埃《ほこり》よけに着て来たらしい道行は、陽がさしている境内では暑く感じるのか、脱いで袖だたみにしたのを片手に持っている。

祭の群衆の中でも目を惹くような女房に対して、亭主のほうは風采の上らない男であった。如何にも実直そうだが、どこか陰気で面白味がない。

が、それよりも衆目を集めたのは、大熊手の代金を、女房のほうが財布を出して払ったことである。亭主は間が悪そうな様子で、それを見ている。熊手は番頭が持った。

女房が先に立ち、ぞろぞろと境内の茶店のほうへ歩いて行く。

「随分、色っぽいお内儀《かみ》さんですね」

お吉がそっといい、東吾が笑った。

「家付娘が、番頭上りを聟《むこ》にとったというふうだな」

「それでお内儀さんが財布を握っているわけですか」

「俺は、そんなみっともねえ真似はしないから、安心して、でっかいのを買えよ」

毎月、代稽古に通っている狸穴《まみあな》の方月館から、貰って来たばかりの謝礼が手つかずで懐にあるから、東吾は大様《おおよう》な顔をして、るいをうながす。これは買う客だとみて、熊手売りが威勢よく口上を述べはじめた。

二

大熊手の他に、お吉が笊だの、粟餅だの金柑だののしこたま買い込んだのを、なんとか手分けして大川端の「かわせみ」へ運び込んだのは、すっかり江戸の町に夜のとばりが下りてからのことで、

「さぞお疲れでございましょう。お風呂が沸いて居ります」

嘉助がいそいそと出迎えた。

大熊手は早速、帳場の神棚の横に飾って柏手を鳴らし、お吉は粟餅の包を下げて、台所へとんで行く。

泊り客のほうは、嘉助が女中達を指図して、もはや夕餉の膳も下げ、何事も支障がなかった。

一風呂浴びて、るいとさしむかいで飯をすませると、東吾は八丁堀の屋敷へ帰って行った。

昨夜、るいの部屋へ泊って、二日も屋敷を空けては兄の通之進《みちのしん》に対して具合が悪いのだと知っていて、やはり、るいは寂しかった。

折角、一日を共に遠出をして夫婦のように振舞って来たあとだけに、一人寝がやるせない気持になる。

だが、それは東吾も同じだったとみえて、翌日、八丁堀の道場の稽古を終えた足で、まっすぐ「かわせみ」へやって来た。

「昨日、お吉の買った粟餅が食いたくなってね」

照れかくしに、そんなことをいいながら、るいの部屋の炬燵に胡座《あぐら》をかいた東吾の前で、るいはいそいそと長火鉢に餅網をのせ、粟餅を焼きはじめた。

西陽が障子にさして、誰も邪魔が入らない筈の二人だけの夕暮時であったというのに、

「あいすみません。畝《うね》の旦那がおみえんなったんです」

お吉が不服そうに取り次いで来た。

「いい匂いがすると思ったら、粟餅ですか」

入って来た畝源三郎《げんざぶろう》は相変らず遠慮がなくて、

「手前はこれが大好物です」

醬油のこげた匂いに目を細くした。

「奉行所の帰りか、源さん……まさか、兄上が俺を迎えに行って来いといわれたわけではあるまいな」

まだ箸をつけていない焼きたての粟餅を、友人の方へ廻してやりながら、東吾はさりげなく源三郎の様子を窺った。

この友人が「かわせみ」へ東吾を訪ねてくる時は、まず厄介な捕物か、さもなくば……。

「実は長助《ちようすけ》に聞いたのですが、昨日、おるいさんが一の酉にお出かけになったとか」

深川の長寿庵という蕎麦屋の主人、長助は、畝源三郎から手札をもらっている奉行所のお手先であった。

「帳場の神棚に、大きな熊手が飾ってありましたが……」

「俺が鼻の下を長くして、一緒に花又村まで出かけて行ったと、長助のところの若い衆が源さんにいいつけたんだろう」

昨日、大川端から橋場まで舟を出してくれたのは、長助の下で働いているお手先の一人で、本業は船頭であった。

「そういうわけではありませんが、昨日、東吾さんが花又村の鷲大明神までお出かけになったのなら、或いは、なにかごらんになってはいないかと、藁にもすがる思いというのは大袈裟ですが……まあ少々、あてにしてやって来たのです」

「まさか、酉の市で人殺しがあったというわけでもあるまいが……」

花又村は、江戸町奉行所の管轄内ではない。

「花又村ではありませんが、酉の市に出かけた英盛堂の内儀が、行方知れずになった上に、今日になって死体が荒川に浮びました」

「なんだと……」

英盛堂というのは、深川佐賀町にある江戸暦開板所で、書物地本《じほん》問屋でもある。なかなかの大店《おおだな》で、奉公人も多く、店の格式も高かった。

「主人は与兵衛と申しまして、養子です。先代の佐兵衛には二人の娘があって、姉がお紀乃、妹がお三輪、本当はこの二人の間に、もう二人、子供があったそうですが、二人共、幼時に患って早逝《そうせい》し、それで、上のお紀乃とお三輪は年が一廻り近くも離れているそうです」

「荒川に浮んだというのは、お紀乃か」

「左様です。先程、検屍がすみまして、首を締められた上で、川へ投げ込まれたと判りました」

つまりは殺人ということであった。

「深川佐賀町というと、長助はきりきり舞いをしているだろうな」

縄張り内での事件であった。

「粟餅の腹ごなしに、行ってみるか、源さん」

東吾は軽く腰を上げた。

永代橋を渡ったところで、日が暮れた。

佐賀町へ廻ってみると、英盛堂の前には通夜の提灯が出ていて、知らせを受けてかけつけて来た客が、あたふたと奥へ通って行く。

「これは畝の旦那……若先生……」

表に立っていた長助のところの若い者が慌てて奥へ入り、すぐ長助を呼んで来た。

「どうも、お寒いのに申しわけありません」

長助は東吾の来てくれたことが嬉しそうであった。

「下手人の目星はついたのか」

東吾に訊《き》かれて、長助は小首をひねった。

「どうやら、主人や番頭には心当りがあるようなんですが、まだ、はっきりしたことは申しませんので……」

「昨日、花又村の酉の市に出かけたそうだな」

「左様で……」

「行ったのは、誰と誰だ」

「旦那の与兵衛に、お内儀のお紀乃、お供について行ったのが、番頭の治助と小僧の余吉でございます」

「主人は客の応対にいそがしいだろう、番頭のほうを呼んでくれないか」

「承知しました」

長助が店のすみの目立たない所へ東吾と源三郎を案内し、自分で奥へ行って番頭の治助を伴って来た。

年の頃は四十二、三、中肉中背の、如何にも剛直そうな男だが、思いがけない事件に動転したのか蹌踉《そうろう》とした足どりで近づいて来た。

「手前が、番頭の治助でございます」

手を突いたのをみて、東吾が目を細くした。

「殺されたお紀乃は家付娘だそうだが、主人の与兵衛はどこから養子に来たんだ」

東吾に訊かれて、治助は蚊の鳴くような声で答えた。

「旦那様は、先代の遠縁に当りまして、早くからこの店に奉公なすっていらっしゃいました。先代がお人柄を見込まれて、御養子になすったんでございます」

「子は……」

「まだ、お出来ではございません」

「夫婦仲はどうなんだ。うまく行っているのか」

番頭がぎょっとしたような表情をみせたが、すぐに深く頭を下げた。

「そりゃあもう、旦那様はお内儀《かみ》さんを大事になすっておいでございますから……」

「お内儀さんはどうなんだ。あの器量だと、聟をとる前に、好いて好かれた奴が一人や二人あっても可笑しくはないが……」

「滅相もございません。お内儀さんに限って、左様なことがあるわけはございません」

奥からしめやかな足音がして、通夜に来たらしい客が二人、帰って行くのがみえた。

男は二人共、背が高く、男前であった。親子だろうか、体つきや面ざしがよく似ている。

若い女が二人の客を送って玄関のほうへ歩いて行った。

「今のは……」

「村田屋さんと申しまして、神田の書物問屋の御主人と若旦那の佐太郎さんでございます」

「いや、送って行ったほうだ」

「あちらは、お内儀さんの妹で、お三輪さんとおっしゃいます」

「まだ嫁入り前か」

「へえ」

「縁談はあったのか……」

「いえ、まあ、あるようなないような……」

奥歯にものがはさまったような番頭の返事に、傍から長助が業を煮やした。

「番頭さん、お上のお取調べに、そういう言い方はねえだろう。なんでも、まっ直ぐに申し上げてくれねえと、あとでとんでもねえことになるぜ」

だが、東吾はさりげなく長助を制した。

「今夜はとりこみ中だ。改めて出直すとしようか」

不安顔の番頭をしり目に、英盛堂を出た。

ひきあげて来たのは、長助の長寿庵である。

「お清めでございます」

長助の女房が、塩をまいてくれて、すぐに熱燗を小座敷へ運んでくる。

「東吾さんは、英盛堂の女房を御存じだったんですか」

東吾が旨《うま》そうに茶碗酒を飲むのを眺めていた源三郎が訊いた。

「実は、花又村で会ったんだよ」

「やはり、そうでしたか」

源三郎が膝を進めた。

「長助の話によると、殺されたお紀乃は佐賀町小町と呼ばれたほどの美人で、色っぽい女だったといいますので、そんな女が花又村へ行ったとなると、おそらく、東吾さんの目に止っているのではないかと思ったのですが」

「冗談いうなよ、源さん。こっちはあの程度のいい女は、年中、見馴れているんだから、なにも今更……」

「しかし、ごらんになったのでしょう」

「見て悪いか」

「悪くはありません。東吾さんがどこで目の保養をされようと、手前の知ったことではありませんから……」

「いつから、源さん、そういうへらず口を叩くようになったんだ」

男二人のやりとりを、蕎麦を運んで来た長助の女房が笑って遮《さえぎ》った。

「英盛堂のお内儀さんは、たしかにきれいで色っぽいですけども、目立つのはお化粧が濃くって、着るものが派手だからですよ」

書物地本問屋のお内儀にしては、若い時分から襟元まで、まっ白に塗って、紅が濃いと長助の女房はいう。

「まあ、きれいな人ほど、一層、きれいにみせたいってものでしょうけど……」

「若い時分は、浮名を流したんだろう」

と東吾。

女のことは、むしろ女に訊いたほうがよくわかるというのが、東吾の持論である。

「いえ、それはありませんでしたよ。なんといっても、堅気の大店のお嬢さんですし、親御さんはもの固いお人でしたから……それに、お紀乃さんって人もお洒落で派手好きな割には、しっかりしたところのある人で……」

「素直に親の決めた相手と、一緒になったのか」

「ええ、縁談はいくつかあったそうですが、結局、女は親のいいつけを守らなけりゃいけませんし……」

「与兵衛との間に子供はないそうだな」

「ええ、そればっかりは授かり物ですから……」

「与兵衛の評判はどうなんだ」

「流石に先代が見込んだだけのことはあるっていいますよ。商売は先代の時よりうまく行ってるそうですし……」

「与兵衛が浮気をしているってことは……」

「そりゃありません。なんてったって、お内儀さんにべた惚れだったんですから……」

すっかり東吾の前に腰を落ちつけた女房を長助が叱った。

「おい、酒がねえぞ」

女房が釜場のほうへ行ってから、長助がぼんのくぼに手をやった。

「どうも、くだらねえことをお耳に入れまして……あいつは町内の金棒曳《かなぼうひ》きっていわれるくらい、口のほうが達者なもんでして……」

「いい内儀さんだよ。親分が年中、外をとんで歩いてても、店を守ってびくともさせねえ。おまけに町内の噂に耳をすましているのだって、可愛い亭主の役に立ちてえ一心だろうが……」

東吾が笑い、長助はたて続けにお辞儀をした。

「ところで、東吾さんが花又村で英盛堂の女房をみかけられたのは、いつ頃ですか」

源三郎が定廻《じょうまわ》りの旦那の顔になった。

「ちょうど、昼飯時を過ぎた時分だ。俺達がお詣りをすませて、境内で熊手を買おうとしていると、一足先に大熊手を買っていたのが英盛堂の夫婦だった」

「その時、夫婦そろっていたわけですね」

「番頭も小僧もいたよ。さっき、英盛堂の番頭の顔をみて、ああ、あれが英盛堂の夫婦だったのかと気がついたんだが……」

「店で熊手を買って、それから、どっちへ行きました」

「境内をつれ立って茶店のほうへ歩いて行ったよ。俺がみたのはそれっきりだ」

「他になにか、お気づきのことはありませんか」

「熊手を買っている最中に、女房のほうがしきりに境内を見廻していた。あれは、誰かを探していたんじゃないのかな」

「女房だけですか」

「亭主は熊手を値切るのに夢中だったようだが、案外、女房のそういった様子に気がついていたかも知れない」

「誰を探していたと思いますか」

「そいつは源さん、死人に訊いてみろ。少くとも、俺じゃなかったことは確かだよ」

長助の女房が熱燗の徳利を持って来て、東吾の茶碗に注ぎながら、思いついたようにいった。

「英盛堂のお内儀さんの、若い時分の縁談ですけど、たしか、神田の村田屋さんって話を聞いたように思いますよ」

東吾がふっと、源三郎をみた。

「神田まで行ってみるか」

三

神田の村田屋は書物問屋としては、そう大きなほうではなかった。

が、長助がこのあたりの岡っ引に訊いてみた限りでは、固い商売をしていて内証は悪くないという。

「町内の祭の寄附も充分になさるそうで、どっちかっていうと、ものわかりのいい、粋な旦那という評判です」

三年前に主人の次郎兵衛は女房に病死されて、以来、やもめ暮し、夫婦の間には一人息子があって、佐太郎というのが今年二十一になっている。

翌日、東吾は出仕前の兄の通之進にいった。

「神田の村田屋と申す書物問屋に参りますが、なにかお求めになる古書はありませんか」

通之進は母親似のやさしい口許《くちもと》に微笑を浮べた。

「口でいうてもわかるまい。書いてつかわす。ただ、なかなか、手に入るまいが……」

さらさらと達筆で書いた半紙と、金の包をあずかって、東吾は長助と待ち合せて、神田へ行った。

店では、昨日、英盛堂の店先でみかけた佐太郎が、本の整理をしている。

東吾が兄の書いたのをみせると、佐太郎は、

「手前共には、あいにく、かようなものは扱って居りませんが、御猶予を頂けますなら、知り合いを訊ねて御返事申し上げますが……」

そこへ、親父の次郎兵衛が出て来た。東吾をみて、

「失礼でございますが、昨夜、英盛堂さんへお出でのお役人様ではございませんか」

という。

「役人ではないが、その手伝いをしているんだ……」

あっさり素性をばらして、東吾は上りかまちに腰をかけた。

「英盛堂とは、古いつき合いなのか」

次郎兵衛が目を伏せた。

「同業でございますから……手前の父親とあちらの先代とは飲み友達でもございました」

「それで、お紀乃さんの聟にと話があったのか」

「やはり、そのことでお出でになりましたので……」

苦笑というよりも、はにかみのようなものが、次郎兵衛の顔に出た。

「むかしむかしのことでございます。実を申しますと、手前がお紀乃さんに惚れまして、なんとか嫁にもらえないかと父親に頼みましたが、あちらは聟を取らねばならず、こちらは跡取りの身でございまして……」

「あきらめたのか」

「あきらめるより仕方がございません。このように小さな店でも、親父が苦労してここまでにしたもので……それに、お紀乃さんには、もう決ったお人がありましたので……」

「与兵衛か」

「あのお方なら、お紀乃さんを幸せにしてくれるだろうと……意気地のない話ですが、そう思うより方法もございませんでした」

「お紀乃は、ここへ嫁に来たかったのではないのか」

次郎兵衛が悲しい表情をみせた。

「その頃の手前は、お紀乃さんと二人きりで話をしたこともございませんでした。お紀乃さんが手前をどう思っているかなぞとは、全く、存じませんので……ただ、三年前に手前の女房が歿《なくな》りました時、お紀乃さんがおくやみに来てくれまして……その折、昔話を致しました」

お紀乃がなんといったか訊かずともわかる次郎兵衛の情感が、短い言葉尻に溢れていた。

「今更、色めいたことはなにもございません。ただ、昔友達として、心の支えになり合えたらと、手前もお紀乃さんも話し合って居りましたのに……このようなことになりまして……」

涙を呑み込むようにして、次郎兵衛は両手で自分の膝をつかんでいる。

「誰が、お紀乃さんを殺したか、心当りがあるのか」

「ございません。あれば、只ではおきません。そいつを殺してやります」

「お父つぁん」

たまりかねたように、悴《せがれ》の佐太郎が父親の袖をひいた。

「よして下さい。そんな怖ろしいことを……」

東吾が、この物静かな父子を眺めた。

「もう一つ、教えてくれ。ひょっとして、お紀乃は妹のお三輪を佐太郎にもらってくれというような話をしたのではないのか」

次郎兵衛が深く頭を下げた。

「たしかに、おっしゃる通りのお話が、お紀乃さんからございました。手前は、若い者同士、その気があればと申しました。お紀乃さんは早速、佐太郎の気持を訊いてみてくれといわれまして……」

「すると、酉の市の日に、お紀乃とむこうで会う約束があったのか」

「実は左様でございます。お紀乃さんが一人で、酉の市へ行くから、むこうで話をしたいといって……ですが、花又村へ行ってみると、お紀乃さんは御主人と一緒で……別に与兵衛さんに会ったからとて、決してやましいことがあるわけではございませんが、なんとなく声をかけそびれて、そのまま、帰って参りました。ですが、お紀乃さんが行方知れずになったと聞きまして、てっきり手前を探しにでも行き、それがもとで災難に遭われたのではないかと思いますと、夜もねむれず……」

たまりかねたように、次郎兵衛は畳へ手を突いた。

「なんとも気の毒な人ですね」

村田屋を出てから、長助が呟いた。

「跡取り息子と跡取り娘じゃ夫婦になれないといっても、英盛堂にはお三輪さんという妹さんもあったことだし、当人同士が好き合っていたのなら、別に考えようもあったでしょうが……」

東吾が雪駄《せった》の先で小石を軽く蹴った。

「あの気の弱さじゃ女もくどけねえだろう」

大川端の「かわせみ」へ行ってみると、町廻《ちようまわ》りを早く切りあげた畝源三郎が来ていた。

「かわせみ」で待ち合せるという約束だったのだ。

「村田屋次郎兵衛が酉の市でお紀乃と会う約束だったのですか」

それだと平仄《ひょうそく》が合うと源三郎がいった。

「与兵衛の話ですと、熊手を買って茶店へ戻ると、お紀乃が、境内の裏で手なぐさみをやっていて素人の旦那衆が大勝負をしているそうだから、見物して来ようといい出してみんなで行ったそうです。ところが、大変な人だかりで、壺を振るたびに勝ったの負けたのと声が上る、気がついてみたら、お紀乃とはぐれてしまっていて、慌てて茶店へ戻ったが、お紀乃はまだ帰っていない、番頭や小僧と手分けして境内を探したが、日が暮れても行方が知れなかったと申すのです」

おそらく、お紀乃は最初から与兵衛にかくれて、次郎兵衛に会うつもりで、男達が博打《ばくち》を見物している間に、自分だけ抜け出して次郎兵衛を探したが、みつけることが出来ない中《うち》に、悪い連中に目をつけられたのではないかと源三郎はいった。

「酉の市には金をねらって来る連中も多く集っています。如何にも金を持っていそうな商家の内儀が一人でうろうろしていたら、目をつけられないほうが可笑しいでしょう」

大方、次郎兵衛らしい人をみかけないかとお紀乃が訊ね、それを聞いた悪い奴が、そういう人なら、むこうでみかけたなどと嘘をついて巧みにお紀乃を誘い出し、人目のない所へ連れ込んで金を奪って殺したのではないかというのが、取調べに当った役人の推量らしい。

「源さんも、そう思うのか」

「合点の行かないことがあります。何故、荒川に死体が上ったのでしょうか」

花又村から、荒川まで誘って来て殺したにしては遠すぎる。

「お紀乃が、一人で江戸へ戻ろうとした途中で殺されたというなら、荒川に死体が浮んでも納得出来ますが……」

「ひょっとして、御主人が殺したんじゃありませんか」

口をはさんだのはお吉で、

「あたしは花又村であの御夫婦をみかけたんですけど、お内儀さんがいい女で色っぽいのに、旦那のほうはまるっきり風采が上らない。若先生のお話だと、お内儀さんと村田屋の旦那とは昔、好き合っていたんだし、村田屋の旦那はお内儀さんが歿って独りなわけでしょう。やけぼっくいに火がついたってこともないでしょうが、二人がねんごろにしているのに御主人が感づいて、かっとして、お内儀さんを殺しちまったんじゃありませんかね」

るいもお吉の肩を持った。

「熊手を買う時、お内儀さんが支払いをなすったんですよ。ということは、英盛堂の身代にしろ、売り上げにしろ、御主人は自由にならないんじゃありませんか」

養子に来て、商売熱心に働いても、財布は自分の自由にならない。

「まして、お内儀さんにいい人がいると思ったら……」

女房に惚れているだけに、逆上もするだろうし、殺意も湧こうとるいはいった。

「男の人の焼餅って、女よりも怖いっていいますでしょう」

、東吾が源三郎をみた。

「お紀乃が行方知れずになってから、与兵衛が一人でいたことがあるのか」

「ないこともありませんが……」

最初、番頭や小僧と手分けして、女房の行方を探した時だと源三郎が答えた。

「番頭と小僧と、双方に訊いてみましたが、ばらばらに探したといっても、たいして広くもない境内のことで、あっちこっちでおたがいに出会ったりしているので……あとは夕方になって三人揃って江戸へ戻っていますから……」

もし、殺そうと思えば出来ないことはないが、かなり難しい。

「それに、荒川まで、どうやって死体を運びますか……」

江戸へ帰る道中は番頭と小僧が一緒であった。

「なにも、旦那が自分で手を下さなくたって、金で人をやとえばどうにかなるでしょう」

「与兵衛は財布を女房に握られていたんだぞ」

「殺してからなら、なんとでもなるんじゃありませんか」

「悪事を頼むのは、前払いが定法《じょうほう》だろう」

「お内儀さんの財布を奪って払うってことは出来ませんか」

お吉は、どうしても与兵衛を下手人にしたいらしい。

「かわせみ」のその夜の話は、あくまでもそこだけの話だったのに、何日かすると深川で、英盛堂の女房殺しの下手人は、どうやら亭主の与兵衛だとお上が疑っているという噂が広がっていた。

「いってえ、誰がそんなことを喋ってやがるのか」

長助は自分が洩らしたと東吾や源三郎に誤解されたくない一心で、噂の火元を訊いて歩いている。

そんな最中に、「かわせみ」に英盛堂のお三輪がかけ込んで来た。

「こちらに、義兄《あに》を下手人だとおっしゃった方がおいでだそうですね。その人に会わして下さい」

たまたま、るいの部屋には東吾がいた。

案内されて来たお三輪は、可愛い顔ながら怒りですさまじい形相をしている。

「なんの証拠があって義兄《にい》さんを下手人だとおっしゃるんですか。義兄さんがかわいそうです。勝手なことをしていたのは姉さんなんです。でも、義兄さんは姉さんが手を突いてあやまった時、そんなことは聞かなかったことにするって……」

「待てよ。落ちついて話せ。お紀乃が手を突いてあやまったってのは、なんのことだ」

「村田屋に欺《だま》されて、お金を貸したことです」

「なに……」

「義兄さんは知ってます。証拠はないけど、お紀乃を殺したのは、村田屋に違いないって……一人で姉さんの仇討に出かけて行きました」

「今です。たった今……あたしに後のことは頼むといって……」

太刀を摑んで、東吾が「かわせみ」をとび出した。嘉助が八丁堀へ知らせに走る。

神田まで東吾は韋駄天《いだてん》になった。

村田屋の店へとび込むと、佐太郎が血まみれになって、腰をぬかしている。

奥では、与兵衛が次郎兵衛に組み敷かれていた。与兵衛の首に書物を結ぶ真田紐《さなだひも》がきりきりと巻きついている。

「そうやって、お紀乃を殺したのか」

東吾の声で、次郎兵衛がふりむいた。悪鬼のようなすさまじい表情である。

「昔の色恋を持ち出して、金を欺しとろうとは、男の風上にもおけねえ奴だ」

与兵衛の脇差を取って、突っかけて来たのを、東吾は乱暴に蹴とばした。

「空涙なんかこぼしやがって、どうも、うさん臭いと思っていたんだ」

次郎兵衛と佐太郎は召捕られ、番屋で源三郎の手きびしい取調べを受けた。

与兵衛は半死半生だったが、

「義兄さん、しっかりして下さい」

お三輪にとりすがられると、急に生気を甦らせた。

「手前はごらんのように醜男《ぶおとこ》で風采が上りません。次郎兵衛は男前で口も達者でございます。家内が、ふと、昔の夢を思い出し、あいつの口車にのせられて、金を用立てたことを手前は悲しいと思いましたが、家内を責める気にはなれませんでした」

村田屋が商売にしくじって、やりくりが苦しいのを、同業だから与兵衛は他から聞いて知っていた。

「貸した金が戻って来なくとも、気にするなと家内に申しました。家内はそれでも次郎兵衛を信じ、あいつのいうままに、お三輪を佐太郎の嫁にしたらといい出しましたが、これはお三輪が断りました」

そういうことがあったので、与兵衛はそれとなく女房に注意をしていた。

「お酉様へ出かけるといい出した時も、承知しておいて、当日、手前が急について行くことにしました。もし、家内になにかあってはと心配だったからでございます」

お三輪が泣いた。

「姉さんは馬鹿です。みかけにばかりとらわれて、義兄さんの真心がわからなかった……そのために、あんな奴に命まで奪われて……」

抱き合うようにして泣いている二人を眺めて、なんとなく東吾は苦笑した。

畝源三郎の取調べで、村田屋次郎兵衛は遂にお紀乃殺しを白状した。

「お紀乃は少しずつ、次郎兵衛の正体に気づいたようです。それで、今度は亭主にすまなくなって、なんとか貸した金を、とりかえそうときびしく催促をはじめた。返せなければ町方役人に訴えるとまでいわれて、次郎兵衛はお紀乃を殺す気になったようです」

うまく行けば、罪を与兵衛になすりつけることが出来ると計算して、息子に噂をばらまかせたが、結局、女房の仇を取りたい与兵衛の無鉄砲さが、事件を解決した。

「それにしても、与兵衛さんって人は、なんて男らしいんでしょう。やっぱり殿方は顔じゃありませんね、心ですよ」

お吉が涼しい顔でいい、「かわせみ」は大笑いになったが、そのあとで、るいがすましていったのが、決定的になった。

「でも、本当に、いい殿御はみかけも心もいい筈ですよ。だって、心は顔にあらわれるっていいますでしょう」

るいが東吾に寄り添っている「かわせみ」の午後は、誰もその部屋に近づかない。

春《はる》の摘《つ》み草《くさ》

一

狸穴《まみあな》の方月館の朝稽古が終って、東吾が裏庭へ出てみると、おとせが手籠を下げて出かけるところであった。綿入れの袖無しを着せられた正吉が麻袋に竹のへらや小鎌などを入れたのを持って勇み立っている。

「どこへ行くんだ」

声をかけると、母親のおとせより先に、

「摘み草だよ。土手に蕗《ふき》の薹《とう》が、出ているんだ」

今朝、自分が草刈りに行ってみつけたのだと得意そうである。

「蕗の薹は、松浦《まつうら》先生がお好きだな」

そのほろ苦い味覚を、方月館の松浦方斎《ほうさい》は春一番の芳香と、たのしみにしている。

「俺も、あとから行ってみよう」

どっちみち、午後にならなければ弟子達は集って来なかった。

稽古着を着替えて、薪を積んでいる善助に声をかけ、東吾はのどかな顔で麻布の原へ下りて行った。

春浅い稲田には水が入って居らず、ところどころで百姓が鍬をふるって昨年の稲株を掘り返している。

おとせや正吉が草摘みに行くのは、新堀川に続いている小川の岸と知っている。

大名屋敷の続いている裏側を抜け、寺の境内を横切って、東吾はやがて、土手の上にいるおとせたちをみつけた。

よく晴れて、暖かな日に草摘みを思いつくのは誰しも同じとみえて、やはり子供連れの女がせっせと若草の根元で竹のへらを動かしている。

女の児が二人。正吉よりずっと幼いのが、母親の背後でとんだり、はねたりして遊んでいた。

「先生……」

正吉が手を上げ、東吾は土手へかけ上って行った。

おとせの竹籠にはさまざまの若草が摘まれていた。

「こちらに教えて頂きました。野の草にも、こんなに食べられるものが多いのですね」

おとせがいい、少し離れた所にいたその女は東吾へむかって、丁寧に腰をかがめてお辞儀をした。

身なりは百姓女のようだが、身のこなしに垢ぬけたものがある。

「先生、鶴だ」

正吉が指した青空には二羽の丹頂鶴が悠々と飛翔して、目黒不動の森の方角へ向っている。

「ここらは、まだ田舎なんだな」

江戸の市中で鶴をみることは、年々、少くなっていた。

元旦に丹頂鶴をみると縁起がよいからと、わざわざ日暮里のほうへ出かけたり、青山から千駄谷村を訪ねたりする人がいる。

「私も日本橋から、こちらへ参りまして、はじめて鶴の舞う姿をみました」

東吾により添うようにして、おとせがいった。

日本橋の薬種問屋の女房だった頃のおとせは気苦労が多すぎて、空を仰ぐひまもない毎日だったに違いない。東吾の尽力で方月館で暮せるようになってからの歳月が、幸せだといいたげなおとせでもある。

これが二輪草、こちらは芹《せり》、とおとせに野草の講釈を聞かされている中、幼女二人をつれた女は会釈して、先に土手を下りて行った。

眺めていると小川に沿って、新堀川のほうへ行く。

「四の橋の近くの穀物問屋のおかみさんなんですよ」

川に水車が廻っていて、雑穀を搗《つ》いている店だと、おとせが話した。

「暮に御門弟の方から粟《あわ》を沢山、頂戴して、善助さんと一緒に搗いてもらいに参りましたの」

それが、治兵衛の水車小屋で、その時に治兵衛の女房と顔見知りになったという。

「善助さんのお話ですと、一度、江戸へお嫁《かた》づきになって、不縁になって戻っていらしたとか、昨年の秋に、治兵衛さんと御夫婦になられたそうですよ」

道理で百姓女にしては、小粋なものがあったと東吾は思った。

「あの子供達は……」

「治兵衛さんの歿《なくな》ったおかみさんのお子ですって……」

せいぜい三つか四つであった。

「あんな小さいのがいたのでは、女手なしでは、やって行けないな」

「よく、なついて、およねさんも一安心なすったそうです」

およねというのが、女の名のようであった。

方月館へ戻って来てから、東吾は善助にその女の話をした。

「およねさんですか。あの人の実家は飯倉の仙五郎親分のすぐ近くで、仙五郎親分がよく御承知でございます」

善助も、仙五郎から話を聞いたのだといった。

「なんでも、まだ十四、五の時に、本所のほうの貸席屋へ奉公に行っていて、そこの若主人に見染《みそ》められて夫婦になったそうですが、いろいろとつらいことが多すぎて、それでも子供が十になるまで辛抱して、なんとか離縁が取れて飯倉へ帰って来たそうです。まあ幸い、治兵衛さんの後妻におさまって、今はなにもかも、うまく行っているようですが」

仙五郎に訊《き》けばもっとくわしいことがわかるといったが、その時の東吾は、草摘みで出会った女に、たいして関心があったわけではなかった。

十日間の稽古をすませて、東吾が方月館を去る日に、おとせは小鉢に植えた福寿草と一緒に、小さな大根や蕗の薹など春早々の畑の作物を、

「お邪魔でもございましょうが、方斎先生が春の香をお届けするようにとおっしゃいまして……」

手土産に持たされた。

考えてみれば、福寿草は義姉の香苗《かなえ》が喜びそうだし、蕗の薹は兄の好物であった。で、そのまま大川端の「かわせみ」へ寄るわけにも行かず、東吾は夜になって八丁堀の屋敷の門をくぐった。

ちょうど奉行所から下って来たばかりの兄が着替えをしているところで、神妙に松浦方斎の口上を伝える弟を苦笑しながら眺めていたが、

「そうか、狸穴のほうでは、もう蕗の薹が出ているのか」

竹籠に顔を近づけて、草の匂いを嗅いでから、香苗に渡した。

「久しぶりだ、東吾の膳も、これへ持て」

一緒に飯を食おうといわれて、東吾は内心、がっかりした。土産物を披露したら、早速、屋敷を抜け出して、るいの許《もと》へとんで行くつもりが、兄の一言で御破算になった。

が、向い合って膳についてみると、兄の様子がどこか屈託していた。東吾に酒をと命じ、その酒を盃に少しだけ注がせて飲む。下戸《げこ》の兄にしては、それも珍しいことであった。

「お疲れなのではありませんか」

手酌で飲みながら、そっと兄の顔色を窺った。

吟味方与力という兄の役目は奉行所の中でも激務であった。日に何十という訴状を、奉行に代って裁いて行かねばならない。

「いやな裁きが一つあった」

吸い物椀を手にとって、通之進が話し出した。

「十五になる男が、祖母を傷つけたのだが」

往来で、追って来た祖母を足蹴《あしげ》にし、突きとばしたところへ、あいにく荷車が来て、倒れた女はその車輪の下敷になってしまった。

「町内の者がかけつけて、車輪の下から女をひきずり出し、命に別状はなかったが、かなりの怪我のようだ」

当然、孫息子は捕えられて、名主が付き添ってお裁きを受ける。

「怪我をさせられた祖母が町役人《ちょうやくにん》に申し立てたそうだ。孫が突きとばしたのではない。自分が勝手に道を渡りかけて、荷車に轢《ひ》かれたのじゃと……」

「孫かわいさですか」

「町内のもて余し者だそうだ。家の金を持ち出して酒は飲む、若い女のいる家をのぞいて歩く……近頃は仲間をかたらって、力ずくで女を手ごめにするとか……」

「そういう奴を放っておいてはなりません」

一番厄介なのが、金のある家の馬鹿息子の婦女に対する暴行だと、東吾はいった。

「奴等は金の力で、ことを解決いたします。乱暴を受けたほうも、娘に傷がつくのを怖れて表沙汰にしたがりません。そのために次々と被害者が出て……」

「名主もそのように申して居る。この際、きびしくお上において処罰を願いたいというのだが、肝腎の身内がかばいだてては罪にはならぬ」

被害者がないのに、加害者を裁くわけには行かなかった。

「どこのどいつです、その不届き者は……」

「本所尾上町の貸席業、三河屋喜左衛門の悴《せがれ》、万太郎と申す者だ」

「本所の貸席業ですか」

ふと、心をかすめたのは、小川の土手で摘み草をしていた女の姿であった。

およねという、あの女は本所の貸席業の店へ嫁いでいて、子供が十歳になった時、離縁をとって里方へ戻り、改めて再婚したと聞いた。

「なにか心当りがあるのか」

兄に訊かれて、東吾は盃を干した。

「いや、別人かも知れませんが……」

およねの話をすると、兄がうなずいた。

「名主が申して居った。万太郎と申す者、祖母に溺愛《できあい》されて育った故、手のつけられない無頼者になったと……」

ひょっとすると、母親も息子をもて余して、婚家を出て行ったのではないかと通之進はいった。

「明日にでも、長助に訊いてみましょう」

本所と深川は隣同士であった。

二

翌朝、東吾は兄の出仕を見送ると、大手をふって屋敷を出た。

足を向けたのは本所ではなくて、永代橋の手前を右にまがって大川端町「かわせみ」の暖簾《のれん》を威勢よくくぐる。

「若先生、お帰りなさいまし」

出立して行く客を送り出したばかりの嘉助が喜色を浮べて頭を下げ、その声でお吉がとんで来た。

「おい、るいはおかんむりか」

半分、真顔で訊いたのに、

「狸穴のほうに、なにか厄介なことがお出来になったのかも知れないとおっしゃって……でも、今朝の御様子じゃ、昨夜、まんじりともなさらなかったんじゃありませんか」

罪な方ですよ、若先生は、とお吉に背中をどやされて、東吾はるいの部屋へとんで行った。

縁側の陽の当る所へ、るいは福寿草の鉢を持ち出して、水をやっていた。東吾をみて優しい笑顔を浮べた。

「出入りの植木屋の小父さんが持って来てくれましたの。ちょうど、今朝、咲きました」

東吾が頭へ手をやった。

「狸穴でも咲いていたよ。方斎先生がこいつと蕗の薹を土産に下さったんで、昨日はこへ寄れなかった」

「そんなことでしたの」

ほっとした様子なのが、年下の亭主にはいじらしくて、つい、いいつけ口になる。

「昨夜は兄上と飯を食ったんだぞ。旨《うま》くもない酒を飲んでさ」

居間の炬燵《こたつ》はあたたかかった。

るいのいれてくれた茶を飲んで、東吾は早速、本所尾上町の三河屋喜左衛門の内情を話した。

「十五にもなる悴さんが、お婆さんに手を上げるなんて……」

昼はなにがいいか、と訊きに来たお吉が、忽《たちま》ち、腰をすえて東吾の話を聞いた。

「近頃の若い人は、目上の人を敬うとか、年寄を大事にするなんてことは、誰からも教えられないんでしょうかね」

この近所の桶屋《おけや》でも、親父のほうは夜になっても註文を片づけるために、仕事を続けているというのに、若い悴は夕方になると、さっさと着替えて夜遊びに出かけて行くと、お吉はしきりに憤慨する。

「お婆さんもお婆さんですよ。そうやって孫をかばうから、いっそう、つけ上って手のつけられない極道者になっちまうんです」

障子の外に嘉助が来た。

「深川の長助親分が蕎麦粉を届けに参りまして、若先生がおいでならと申して居りますが……」

お吉のお喋りに話の出鼻をくじかれていた東吾が漸《ようや》く、きっかけをみつけたように膝を叩いた。

「そいつはよかった。これから、長助のところへ行くつもりだったんだ」

長助はいそいそと入って来た。

「今朝ほど、畝の旦那から、若先生がお帰りになったとうかがいまして……」

二人目の内孫が昨日、誕生したという。

「男の子でございまして、なんとかいい名前を若先生から頂戴したいと、婆あがいうもので……」

普段から人のいい顔が目も眉も下りっぱなしになっている。

「それはめでたいな」

長助の悴の長太郎というのが、神田の蕎麦屋に奉公していて、年季あけの一昨年、奉公先の主人が世話をしてくれて、おはつという娘と夫婦になった。その年の暮に最初の子が生れたが女児であった。そして、とうとう二人目に跡とり息子が誕生したとあっては、長助が相好《そうごう》を崩すのも仕方がなかった。

「そんなことなら、お祝《いわい》に参りましたのに……」

るいもいい、暫《しばら》くは赤ん坊の話でもちきりになった。

「そういやあ、源さんのところは、気の毒なことをしてしまったな」

昨年の暮に畝家では生れたばかりの赤ん坊を失っている、というよりも流産であったのだ。

東吾は狸穴へ出かけていて留守で、なんの役にも立たなかったが、八丁堀へ帰って来て兄嫁から不幸な知らせを受けてかけつけて行ったのだが、悲歎のどん底にあると思った源三郎夫婦は思ったよりも元気であった。

「歿った子にはすまない言い方かも知れませんが、手前は、お千絵《ちえ》が無事だっただけで、有難いと思っています」

東吾の顔をみて、流石《さすが》に目を赤くしながら、源三郎はそれでも晴れやかにいった。

「そりゃあそうだ。源さん、夫婦が元気なら、子はまた、すぐに出来るさ」

友人をはげまし、病床のお千絵を力づけたが、この親友の家に赤ん坊が生れるのを内心、たのしみにしていた東吾としては寂しい年の暮であった。

「実を申しますと、赤ん坊は畝の旦那に名前をつけて頂くつもりで居りましたんですが、どうにも申し上げにくくなりまして、それで若先生に、なんとか……」

長助はしきりに、ぼんのくぼに手をやっている。

「そういうことなら、源さんと相談して、せいぜい良い名前を考えよう。お七夜まで待ってくれ」

東吾が請け合って、長助はほっとしたらしい。

「そういえば、手前がこちらへ参りました時、若先生は、なにか、あっしに御用のようなことをおっしゃってお出ででしたが……」

思い出したように訊く。

「長助親分が、孫が出来たと喜んでいる時に、どうも似つかわしくない話なんだが……」

三河屋喜左衛門の悴、万太郎の話をすると、流石に本所、深川内のことで、噂は聞いているといった。

「どうも、この節、悪餓鬼が増えているような按配ですが、三河屋の万太郎というのも、その一人で、町名主からは何度か自身番で話し合いがあったようですが、親のほうから手を廻して、その都度、御内聞になっていたようでして……」

当時、町奉行の下には町年寄というのがあって、更にその下に町名主があった。

町内に奉行所からの御触れを申し渡すことや、戸籍調査、火の元の取締り、少々の訴訟、家屋敷の売り買いの立ち会いなどの雑事は町名主の所で処理がされ、手に余ると奉行所に出頭して裁きを受けるのが普通であった。

殺人、殺傷事件にならない程度の町内のもめごとは、町名主の判断で大方が和解する。

出来の悪い息子が家の金を盗み出して悪所通いをしたり、近所の娘に乱暴を働いたなどというのは、親が我が子をかばう限り、表沙汰にはなりにくい。

「三河屋の家の中はどうなんだ」

内情を知りたいという東吾に、長助は少し考えていたが、

「それでございましたら、明泉寺の和尚にお会いになるのが、よろしゅうございましょう」

という。

昼飯に、長助の作った蕎麦がきを食べ、やがて東吾は、必ず夕方には戻ってくると、

るいに約束して「かわせみ」を出た。

永代橋は陽の当らない側に霜が凍りついて、ところどころ、薄氷が張ったようになっていた。

冬は今が峠というところで、大川を往く舟の上では船頭が寒雀のように着ぶくれている。

明泉寺は横川の近くにあった。

そう大きな寺ではないが、由緒は古いらしい。もともとは京橋のほうにあったのが、なにかの都合で移って来たのだと長助はいった。

「三河屋はここの檀家で、墓地には先祖代々の墓がありますんで……」

住職は説教好きで、月に二度、日を決めて檀家を集めては、仏の慈悲について話したりするという。

「三河屋の隠居は、まめに通ってくるそうです」

家内の悩みごとの相談もするし、それを聞いた住職が、町名主に口をきいたりしているらしい。

東吾が長助と一緒に寺内に入って行った時、住職は庭で雀に雑穀をまいてやっていたが、三河屋の内情について訊きたいという東吾の言葉を長助が伝えると、すぐに方丈へ案内した。

東吾が奉行所の与力、神林《かみばやし》通之進の弟ということも、長助にささやかれたらしく、小僧に茶菓を運ばせ、自分は着替えをして出て来た。

「三河屋万太郎のことにつきましては、お上にお手数をおかけ申し、甚だ、恐れ入りまして ございます」

と、へりくだった挨拶をする。

「その三河屋のことなのだが、当主、喜左衛門の女房は、飯倉の在から嫁に来た女ではないのか」

東吾に訊かれて、住職は低く頭を下げた。

「その通りでございます。およねさんと申しまして、飯倉の百姓の娘で、三河屋へ奉公に上って居りました」

「喜左衛門の手がついたのだな」

「喜左衛門さんも、まだお若い時でして、まわりが気がついた時は、およねさんのお腹が大きくなっていたという始末でして……」

説教が好きだというだけあって、住職の舌はなめらかであった。そのあたりの金棒曳きの女房連中とあまり変りはないと、東吾は内心、苦笑した。長助がこの住職にねらいをつける筈でもある。

「そんなことだと、喜左衛門がおよねと一緒になるについては、反対するむきも多かったのだろうな」

東吾が水をむけると、住職は大きく合点した。

「三河屋の歿った先代も、只今、隠居しているお内儀《かみ》さんも困り果ててお出でででございました。と申しますのも、当時、喜左衛門さんには縁談がまとまりかけて居りまして、その相手は浅草橋の料理屋、福亭の娘御でございましたから……」

江戸では名の通った料理屋の娘との縁談を喜んでいた矢先、当人が奉公人といい仲になって子供まで生れそうだというのでは、世間への顔むけも出来ない。

「ああだ、こうだとさわいでいる中《うち》に、およねさんが赤ん坊を産み落しまして、それが万太郎さんでございます」

そうなっては、もはや、どうしようもなく、福亭のほうから縁組を断って来て、三河屋では、およねを嫁に取ることになった。

「すると、喜左衛門の母親は最初から、およねを嫌っていたのだろうな」

「左様なことになりましょうか」

「嫁いびりは、ひどかったのか」

「なんといっても、元が奉公人でございますから……親類の法事のような席でも、三河屋のお内儀さんの席ではなく、他の奉公人と同列に扱って居りました。手前なども、それでは世間の義理が立たないと何度も申しましたが、先代が歿ってからもおはまさんは、決しておよねさんを許そうとはしなかったようでして……」

「万太郎を、おはまはかわいがっていたそうではないか、孫が可愛らしくば、その母親にも優しくするものではないのか」

「おそれながら、殿方は左様、お考えかも知れませんが、嫁姑《よめしゅうとめ》ともなりますと、なかなか……それに、おはまさんは万太郎を赤ん坊の時から自分の手許において、夜も同じ部屋に寝《やす》ませ、どこへ行くにもつれて行くといった有様で、およねさんは子供を産んでも奉公人に変りはなく、むしろ、給金のいらない只働きで、手前共がみていても、それは、みじめなものでございました」

「それで、暇をとったのか」

「追い出されたと申したほうがよろしゅうございましょう。おはまさんは自分が育てたくせに万太郎が店の金を持ち出したり、女風呂をのぞいたりして町内の厄介者になると、まるで、およねさんのせいのように世間へ吹聴して居りましたから……」

「万太郎がぐれたのは、およねが三河屋から暇を取る以前からだったのか」

「その通りでございます。昨日今日のことではございません。五つ六つの頃から、この寺の賽銭箱《さいせんばこ》に手を突っ込む、叱りますと、いきなり背後から薪雑棒《まきざっぽう》でなぐりかかってくる、それはもう、手のつけられない悪童で……」

流石にいいすぎたと思ったのか、住職は自分の手で顔をなでるような恰好をして、話を止めた。

三

寺を出て、東吾は本所の尾上町へ寄ることにした。

それとなく三河屋をみるつもりだったのだが、行ってみると貸席屋とはいいながら、けっこう立派な店がまえで如何にも繁昌している様子である。

「なにしろ、おはまというのが、やりてでございまして」

先代の時から、この店はお内儀でもっているといわれていたという。

店の前を通って、両国橋の袂《たもと》へ抜けようとした時、三河屋の中から二人の男が出てきた。

一人はやや目つきに鋭いものがあり、一人は如何にも江戸に馴れない朴訥《ぼくとつ》な感じのする……。

「仙五郎ではないか」

東吾が呼び、

「若先生……」

地獄で仏といわんばかりの様子で仙五郎がかけよって来た。

ともかくも、往来で立話も出来ないと、東吾は長助の知り合いだという本所の鰻屋《うなぎや》へ二人を伴って行った。

長助と仙五郎は顔なじみである。

「この者は、およねさんの兄《あに》さんで与兵衛さんと申します」

飯倉で百姓をしていると紹介した。陽に焼けた顔が冴えないのは、大きな心痛を抱えているせいで、

「実は、与兵衛さんに頼まれて、一緒に三河屋へ行ったんですが……」

酒が運ばれて、長助の酌《しゃく》で押し頂いて飲んだ仙五郎は、漸《ようや》く人心地をとり戻したようである。

「深川の親分の前ですが、喜左衛門という人は、わけのわからねえ旦那でございますね」

歯ぎしりして口惜しがった。余程、三河屋で忌々《いまいま》しい思いをして来たに違いない。

「大方、およねのことで出かけたんだろうが、なんだっていうんだ」

東吾になだめられて、仙五郎は話し出した。

与兵衛のほうは酒にも手をつけず、ひっそりとうつむいている。

「およねさんが三河屋から去り状を取る時に、喜左衛門がいったというんです。離縁しても一生、亭主を持たないと約束しろ、そうしたら、暇をやると……」

東吾が盃をおいた。

「しかし、およねは、たしか治兵衛という男と再婚しているのではないか」

摘み草をして帰って行く時、およねにまつわりついていた幼子の姿が瞼《まぶた》に浮ぶ。

「そうなんで……治兵衛さんは二人も小さい子供を残して女房に先立たれまして、出戻ってきたおよねさんがみかねて子供の面倒をみてやったのが縁のはじまりで、そういうことなら、はっきりしたほうがいいと、あっしなんぞも口をききまして、二人を夫婦にしたんです」

夫婦仲もいいし、子供も新しい母親になついて、なにもかもうまく行っていると思っていたところ、

「およねさんが、時々、浮かない顔をする。それで治兵衛さんが、こちらの兄さんに相談して問いつめたところ、喜左衛門から去り状を取る時に、そういうことをいわれていると打ちあけたんです」

鰻飯のお相伴《しょうばん》をしていた長助が憤然とした。

「そんな道理に合わねえことはありませんや。去り状書いておきながら、再縁するなとはどういうことで……離縁したら手前の女房じゃねえ。なにをしようと勝手ってもんじゃありませんか」

東吾が仙五郎をみた。

「それで、およねが嫁いだことを、喜左衛門にいったのか」

「いいえ、申しませんでした。ただ、およねさんもいつまでも兄さんの厄介になっているわけにも行かねえでしょうから、その中、縁があったらどこか後妻の口でもみつけてやりてえんで、承知してもらえないかと申しました」

「喜左衛門は、どういった」

「どうあっても許せねえ。最初の約束通り、嫁にはやらねえようにと申すんです」

長助が口をはさんだ。

「それじゃ、およねさんはどうやって暮しを立てるんで……三河屋のほうから仕送りで

もするってえんですか」

仙五郎が苦い顔で手をふった。

「とんでもねえ。去り状を取って出てくる時ですら、およねさんは着のみ着のまま、それこそ身一つで叩き出されて来たんでさあ」

与兵衛がそっと涙を拭いた。

「身分違いの所へ、嫁にやるんではなかったです。死んだお父つぁんに俺はなんといって詫びたらいいだか……」

「わかりゃしませんぜ」

長助がいった。

「本所と飯倉だ。知らん顔をしてりゃ気がつきゃしねえ」

「あっしも、そう思うんですが、およねさんにしてみたら、気がかりが消えねえことだと思います。なんとか、きっぱりさせて喜ばしてやりてえと本所まで出て来たんですが……」

役に立たなかったと仙五郎は情なさそうであった。

「こういうことは、お上の力でもどうにもなりません」

それは東吾にしても同感であった。

鰻飯で腹をこしらえた二人を送って、東吾が長助と深川へ戻ってくると、長寿庵に畝源三郎が待っていた。

女房のお千絵を向島の、彼女の乳母のところへあずけて来た帰りだという。

「夫婦ではげまし合い、いたわり合って来たつもりでしたが、時には夫婦で向い合っているのがつらくなることもあるのに気がつきまして……」

静養旁《かたがた》、乳母の家へやったといった。

「まさか、源さん、夫婦別れをするってんじゃあるまいな」

東吾は蒼くなったが、源三郎は笑っていた。

「冗談ではありませんよ。二日も経ったら迎えに行きます」

それでも、どこか悄然《しょうぜん》としている源三郎をみて、東吾はつい、いった。

「源さん、鬼のいぬ間だ、今夜は深川で思い切り飲もうじゃないか」

それからがまずかったと東吾は思う。

深川の顔なじみの料理屋へ上って、芸者を呼び、三味線を弾かせるやら、踊らせるやらしたまではよかったが、源三郎に飲ませるつもりが、自分が先に酔っぱらって、

「若先生、とにかく、横におなりなすって」

お内儀が布団を敷いてくれたのまではおぼえているが、あとは前後不覚、ふと目ざめてみると、障子のむこうは朝であった。

どこかで赤ん坊が泣いていて、子守っ子だろうか、泣きやませようと子守歌を歌っている。

「おめでございますか」

着替えているところへ、お内儀が茶を運んで来た。

「畝様は、昨夜、お帰りになりました。若先生をくれぐれもよろしくとおっしゃって……」

「そういう奴さ」

破目をはずせないのが、あいつのかわいそうなところだといいかけて、東吾は子守歌に耳をすませた。

ここに、畝源三郎がいなくてよかったと思う。

「あいつには聞かせたくない歌だな」

いいさした時、女の悲鳴が聞えた。赤ん坊が火のついたように泣き出す。

障子を開けて、東吾は廊下に出た。

そこは二階で裏庭が見渡せる。

赤ん坊を背負った子守っ子がひっくり返っていた。水でも浴びせられたらしく、そのあたりに桶がころがっている。

若い男が逃げて行くところであった。子守がそっちを指している。

「三河屋の万太郎さんですよ」

お内儀が腹立たしそうにいった。

「なんてことをするんでしょう。この寒空に水を浴びせるなんて……」

東吾は返事をしないで、路地をかけ抜けて行く万太郎を眺めていた。若者の顔は今にも泣き出しそうにみえた。

「かわせみ」には朝帰りになった。

「若先生、どうなすったんでございます。あんなにお約束なさいましたのに……」

お吉の怨めしそうな声を背に、るいの部屋へ行ってみると、炬燵の上に番茶と梅干の用意が出来ていた。

「今朝ほど、畝様がお立寄り下さいました。御自分が寂しいので東吾様をお誘いして、つい、飲ませすぎてしまった。何事も自分のせいだから、勘弁して頂きたいとおっしゃって……」

声の調子が急に変った。

「それで、昨夜はどちらへお泊りになりましたの」

「あん畜生、よけいなことを……」

「さぞかし、おきれいな方が、御介抱下さいましたのでしょうね」

炭箱を運んで来たお吉が、障子の外で廻れ右をして去った。

四

畝源三郎が、神林家に来た時、東吾は浮かない顔で日なたぼっこをしていた。

「三河屋のおはまが町名主に申し出たそうです。今朝方から、喜左衛門の姿がみえなくなり、脇差《わきざし》が持ち出されたようだと……」

「なに……」

「長助の話では、一昨日、飯倉からおよねの兄と仙五郎が三河屋へ来たそうですが……」

「源さん、飯倉へ行こう」

緊急の際なので、二人とも馬であった。

冬の曇り空の下を汗をかいて飯倉の仙五郎の家へ乗りつける。

「なんでございますって、喜左衛門が……」

仰天した仙五郎が、およねの嫁いでいる治兵衛の家へ二人を案内しながら首をかしげた。

「手前は、およねさんが再縁したことを申しませんでしたが……」

「喜左衛門は察したのではないのか。少くとも、およねの様子をみようとやって来たのであろう」

六本木から広尾の原を抜けたあたりで、走ってくる与兵衛に出会った。

「喜左衛門が……およねのところへ……」

顔がひきつっている。

「治兵衛の家を教えたのか」

「教えねえと、おっ母を殺すといって、脇差を抜いて……」

田と畑の道を男四人が走った。

新堀川のふちに水車がみえる。それが治兵衛の家であった。

男の叫び声が聞えた。

川のむこうの畑の中を、およねが逃げて行く。

男二人が、両側からおよねに迫っていた。

一人は脇差をふりかざした喜左衛門、もう一人は、

「万太郎だ」

東吾が叫んだ。深川の料理屋の二階からみた万太郎にまぎれもない。

「待て、早まるな、喜左衛門……」

畝源三郎がどなった。

川が邪魔して、向い側に渡れない。

橋まではかなりの距離があった。

息を切らして四人が橋を渡った時に惨劇は起きた。

およねに追いついた喜左衛門が脇差を突き出した瞬間に、やはり追いついた万太郎が自分の体を母親の方へ投げ出すようにして、父の喜左衛門に抱きついたのである。

脇差は万太郎の胸を貫いていた。

およねは息子に突きとばされた恰好で畑の中に尻餅をついている。

畝源三郎が喜左衛門を取り押えた。

東吾が近づいた時、万太郎は脇差を胸にさされたまま、まだ立っていた。

「万太郎……」

と呼ばれたとたんに、その体が崩れ落ちた。

抱きおこしたが、息が絶えている。

「神妙にいたせ」

息子の死体の前で、喜左衛門は捕縄《とりなわ》を受けた。

喜左衛門はとにかく、万太郎がどうして飯倉へやって来たのかは、およねの話で明らかになった。

「どこで、どうやって聞いて来たのか、万太郎が水車小屋へ来ました。治兵衛さんは留守で、あたし一人でした。あの子は、あたしに逃げろといいました。お父つぁんが脇差を持ち出した……きっと、ここへ来ると……あたしはなにがなんだかわからなくて……」

外へ出たものの、誰に助けを求めていいかわからない。

四の橋のほうへ行きかけると、喜左衛門がやって来た。

「裏切ったな、といわれて……あとはもう逃げ廻って……」

喜左衛門のほうは、取調べに対して、はっきり女房を殺す気だったと白状した。

「去り状を出す時に、必ず、再縁はしないと申しましたのに……性悪女が……」

奉行の裁きはきびしかった。

「其方儀、離別せし女房に無理難題をいいかけ、これを殺害せんとして、あやまって我が子を殺害せること不届き至極、よって遠島を申しつけるものなり」

三河屋は取りつぶしになった。

およねは治兵衛と離別した。

「尼になりたいといっているが、尼では暮しが立つまい」

久しぶりに腰をすえた「かわせみ」で東吾は憂鬱そうに話した。

「万太郎さんは、やっぱり、おっ母さんが恋しかったんでしょうか」

るいがいい、お吉が眉をしかめた。

「だったら、ぐれなけりゃいいものを、なんで、およねさんが離縁する前に、おっ母さんの味方になってあげなかったんですかね」

嘉助が、昔の老練なお手先だった頃の口調でいった。

「子供と申すものは、難しゅうございます。母親が奉公人同様に扱われ、家中から軽んじられているのをみて育つと、母親をあわれと思うよりも、その母親から生れたということを恥じる気持が強くなるのかも知れません。その反面では、子として母を慕いながら、その心をどうしようもない……以前にも、そうした子供が父親をなぐり殺した事件がございました」

万太郎の屈折した気持は当人だけにしかわからない。当人ですらも、自分の本心がどこにあるのか、母親をかばって、父親に殺されるまでわからなかったのかも知れないと東吾は思う。

「あいつ、子守歌に八つ当りしていたんだ」

子守っ子が赤ん坊をあやして歌った子守歌に、彼は母親を感じたのか。

「母親に抱いてもらって大きくなった子じゃなかったんだ」

子守に水をぶっかけて逃げて行った万太郎と、摘み草の帰りに、およねにまつわりついてついて行った二人の幼児の姿が、東吾の瞼の中で重なり合っている。

子供というのも厄介だといいかけて、東吾は、るいへ明るくいい直した。

「おい、もう少し暖かくなったら、向島あたりに摘み草に出かけようじゃないか」

庭には、まだ霜柱が高く土をもたげていた。

岸和田《きしわだ》の姫《ひめ》

一

その日、東吾と源三郎が代々木野へ出かけたのは、二人が昔、聖堂で机を並べていた時分、師と仰いだ老学者が、病んでいるとの知らせを聞いたからであった。

老師は、ここ数年、代々木野に隠棲している。

江戸は一日ごとに暖かさを増していたが、天気はあまり良いとはいえず、今日も八丁堀を出る時から、絹糸のような春雨が降っていた。

青山百人町を原宿町へ抜け、長安寺、妙円寺と二つの寺の門前を通りすぎると、百姓地になる。

雨に濡れた雑木林が長く続き、若草の芽ぶきはじめた春の野原がひらけて来る。

「この前、東吾さんと来た時よりは、随分と開墾されて来ましたね」

笠の下から、源三郎がいった。

老師が一時、千駄谷のほうに居を移していたこともあって、この道を来るのは久しぶりであった。

「この前は、源さんが、けもの道で怪我をしたな」

百姓が畑を荒らす狐のために仕かけた罠に、源三郎が足を取られた。

「そのおかげで、東吾さんは美女に惚れられたんじゃありませんか」

たまたま近くで野点《のだて》をしていた大地主の娘に急場を救われた。

「つまらんことを、いつまでもおぼえているものだな」

しかし、東吾もこの野原へ出て、すぐに思い出していた。

今も、見事な枝を大きく伸ばしている楓《かえで》の大樹の下に、簡略な茶席が出来ていて、幕のかわりに、木と木に張りめぐらした綱に色とりどりの小袖がかけてあったのは、ちょっとした紅葉狩の風情であったが、今日はその楓も煙るような雨の中である。

「無駄口を叩いていて、又、罠にひっかかるなよ。この雨じゃ、野点の美女はおろか、通る人もないからな」

しかし、以前は道らしい道もなかった野原に、今は明らかに通行用の細道が出来ていて、そこをたどって行く限り、罠にかかる危険もない。

やがて、宇田川と呼ばれる川のふちに出る。

そこから、老師の家は近かった。

「これは、ようこそ、お師匠様が、どんなにお喜びなさいますことか」

二人を出迎えたのは、老師に長いこと付き添っている門弟で庄之助といい、生涯、妻帯をしなかった老師の身の廻りの世話は、彼がしている。

「平素、御無沙汰をして申しわけない。先生のお加減は如何だろうか」

東吾と源三郎が、こもごも訊ねているところへ、奥から若い医者が出て来た。

「東吾さんじゃありませんか」

その顔をみて、東吾が破顔した。

「なんだ、おぬしか」

天野《あまの》宗太郎《そうたろう》といい、将軍家お抱えの天野宗伯の悴《せがれ》であった。

長らく、蘭方《らんぽう》を学びに長崎へ留学した帰り、「かわせみ」に宿をとった関係で、東吾とも源三郎とも昵懇《じっこん》になった間柄である。

「父が、老先生と旧知の仲でしてね。一昨日から、ここへ滞在しています」

病名は、風邪をこじらせて肺に炎症を起したもので、

「今はもう、心配はありませんが、下手をすると命とりになるところでした」

「天野先生が来て下さって助かりました。この辺りには、医家とてなく……」

庄之助も、ほっとしている。

宗太郎が案内して、病間へ行くと老師は思いの外、元気で、雨の中を、はるばる八丁堀からやってきた愛弟子と、持ち前の大声で話をしたが、やはり衰弱はかくせない。

それでも、若い男の顔が三人そろって、山荘の中は賑やかになったし、弟子たちにはげまされたように、老師も食欲が少し出た。

夕方になって、雨が上り、畝源三郎は八丁堀へ帰ったが、東吾は二、三日、山荘へ滞在して、老師の話し相手をすることになった。

「皆様が、急にお帰りになると、先生が寂しくおなりですから……」

という庄之助の頼みでもある。

源三郎のほうは、奉行所の定廻り同心として、役目を怠ることは出来ないが、東吾のほうは次男坊の冷や飯食いで、その点、のんきなものである。

天野宗太郎も、

「折角、東吾さんもみえたことですし、手前も急いで帰る必要はありません」

病人が体力を回復するまでは、こっちにいるという。

東吾がみていると、宗太郎は実に細やかに病人の容態に気を遣っているかと思うと、冗談をいって謹厳な老師を笑わせ、台所へ来てかきもちを焼いては、

「さあ、東吾さん、一杯やりましょう」

庄之助に用意させた地酒をすすめ、自分も飲む。

酒は好きらしいが、酔うほどには飲まず、

「医者が酔っぱらって前後不覚では商売になりません。大体、急な患者が出て、迎えに来るのは夜中ですからね」

東吾と少々の世間話をすると、すぐ布団に入ってしまう。寝つきもよくて、あっという間に鼾《いびき》をかいた。

「なにしろ、丸二日、殆《ほとん》どおやすみになっていらっしゃいませんでしたから……」

庄之助の話では、天野宗太郎がかけつけて来た日が最も悪く、その夜から昨日一杯が峠だったらしい。

「天野様がお出で下さらなかったら、今頃はどうなって居りましたことやら……」

その庄之助も寝不足が続いたとみえ、かなり疲れ切っている。

「今夜は俺が、先生の宿直《とのい》をしよう。なにかあれば、すぐ声をかけるから、安心して寝てくれ」

庄之助を寝かせ、東吾は一夜、老師の枕許にすわって朝を迎えた。

幸い、病状は明らかに好転している。

宗太郎は、早朝に起きて来て、病人の熱をみ、呼吸を調べたりして、笑顔になった。

「流石《さすが》、御回復が早いですな」

雨上りの、その朝の代々木野は朝霧が深かったが、陽が上ると、それも消えた。

山荘の庭の桜も、蕾《つぼみ》がかなりふくらんでいる。

午後になると、庄之助が出かける仕度をしている。どこへ行くのかと訊くと、金王《こんのう》八幡の近くの百姓家へ鯉《こい》をもらいにという返事であった。

「天野様が、鯉は病人に精がついてよいとおっしゃいましたので……」

た。

「それじゃ、俺が行って来よう」

庄之助が洗濯や炊事の一切をやっている。彼の一日は、みていてもひどく多忙であった。

「俺は、なんにもすることがないんだ」

道順をざっと教えてもらって、東吾は山荘を出た。

春のことで、風が少しあるが、昨日とはうってかわった上天気であった。

宇田川に沿って歩いて行くと、畑のむこうに、ぽつんぽつんと大名の下屋敷の塀がみえる。

大名の下屋敷というのは、どこも地所が広い割に、普段は留守番ぐらいしか居らず、ひっそりとしている。

道玄坂の近くまで来た時に、何人かが畑のむこうの道を走って行くのがみえた。

どこかの大名の下屋敷で、小火《ぼや》事があったらしい。別に気にもとめず、東吾は道を急いだ。

金王八幡の近くの百姓家は、すぐにわかった。

裏の畑地に大きな池があって、鯉を飼育している。

みるからに元気のよさそうな真鯉を一匹、麻袋に入れてもらって、東吾は来た道をひき返した。

川沿いの道をたどって、やや強くなった風の中をもう一息で代々木野というところまで戻ってくると、石橋の上に、若い女が突っ立ってこっちをみている。

近づいてみると、まだ十三、四だろう、子供子供した顔に、髪は解いて首の後で一まとめにし、元結《もとゆい》でくくっているのが、少々、このあたりの百姓娘とは異ってみえた。着ているものも品がいい。

東吾が更に近づいた時、下げていた麻袋の中で鯉が暴れた。

ここまでの道中、暴れっぱなしの鯉であった。重いし、持ち扱いにくい麻袋を、東吾はほとほと、もて余しながらやって来たものでもある。

「それは、なんですか、なにが入っているのです」

愛らしい声で訊かれて、東吾はいささか面くらった。

少女は、東吾の下げている麻袋をみつめている。

「これは、鯉ですよ」

東吾は足を止め、額の汗を拭いた。

「鯉と申すと……」

「魚の鯉です。よく、池に泳いでいるでしょう」

相手がまだ子供のようなので、東吾はやさしい返事をした。

「鯉を、そのような袋に入れて、どうするのです」

「食べるんですよ」

「どなたが……」

「わたしの先生ですよ。年をとっていて、おまけに体を悪くしたのです。医者が、鯉は体のためにいいと教えてくれたので、今から持って帰って食べさせるわけです」

少女がおっとりとうなずいた。

「わかりました。そう申せば、なにかの書物で読んだことがあります。鯉は病に効くとか……」

改めて訊ねた。

「どのような病に効くのでしょう」

東吾が苦笑した。

「わたしは医者ではないので……ただ、体の弱い者に、鯉の生き血を飲ませるといいなどともいいますから、一種の精力のくすりといったような……」

「鯉の生き血ですか」

少女が、気味の悪そうな顔になり、東吾は頭を下げた。

「少々、急ぎますので……」

いつまでも春風の中で、風変りな娘の相手をしているつもりはない。

歩き出した東吾の背に、少女が慌てたように訊いた。

「この道を、参ると、どこへ行きましょうか」

「代々木野ですが……」

ふりむいた。

「あなたも、代々木野へ行かれるのですか」

ぼつぼつ夕暮であった。

身分卑しからざる娘が、どこから来たのか知らないが、同じ方角へ行くというのなら、途中まで送ってやってもよいと思った。

しかし、娘は首を振っている。

「どこへ帰るのか知らないが、こんな所で愚図愚図していないで、早く行きなさい。このあたりは夜になると狐が化かしに出て来ますよ」

冗談のつもりでいったのだが、娘は青くなった。が、黙って東吾をみている。

「それじゃ、お先に……」

再び、背をむけようとしたとたん、娘が俄《にわ》かに咳込んだ。

激しい咳込み方で、背を丸め、腰を下し、片手で胸をおさえて苦しんでいる。

東吾は麻袋を道において、娘の背をさすった。しかし、娘の苦しみは止らない。

これは、風邪の咳などではないと東吾は気がついた。

かなり強い風の中に、放っておけるものではない。

「わたしの先生の家はこの近くだ。そこへ行けば、大層、腕のいい医者がいる。あんた、わたしと行く気があるかな」

訊いてみると、娘は顔をまっ赤にして咳込みながら、かすかにうなずいた。

「じゃ、わたしの背につかまりなさい」

そうでもするより仕方がなかった。

ずっしりと背に重い娘をおぶって、片手は鯉を下げ、東吾はそれでも、山荘へたどりついた。

「病人なんだ。天野どのを呼んでくれ」

出迎えた庄之助に声をかけ、まだ、ぜいぜいと咽喉《のど》を鳴らしている娘を背中から下していると、宗太郎がとんで来た。娘の様子をみて、庄之助に、どこかへ布団を敷くようにといいつけている。

「とにかく、あたたかくして、安静にすることです」

海老《えび》のように体をまげて苦しんでいる娘を、今度は抱きかかえて、用意の出来た小部屋に連れて行き、布団に寝かせ、あとを宗太郎にまかせて、東吾は庄之助と二人で火桶を運び、鉄瓶をかけた。

娘はやや落ちついたようだが、ぐったりしている。

とりあえず、白湯《さゆ》で宗太郎が持ってきた薬を飲ませた。

「暫《しばら》く、寝ていなさい。知らせる所があったら、使をやるが……」

宗太郎が訊いたが、娘は返事をする気力もないらしい。

「まあ、そっとしておこう。どっちみち、今すぐ、迎えに来ても、動かさないほうがいいんだ」

男二人が部屋を出て、居間へ戻った。

「いったい、どういう知り合いなのですか」

宗太郎が可笑しそうに訊き、東吾は首をふった。

「その先の石橋の上にいたんだ」

「一人でですか」

鯉のことを訊かれてからのいきさつを話すと、宗太郎も庄之助も、あっけにとられた。

「それじゃ、全くの見ず知らずですか」

「このあたりの娘ではありませんよ」

庄之助がいい出した。

「あんな子はみたことがないし……」

人品からしても、田舎娘ではなかった。

大地主や庄屋の娘というようでもない。

「東吾さんは、口をきいたのでしょう」

「話し方は、侍の娘といった感じだ」

といっても、青山百人町あたりの小役人の娘とは、到底、思えなかった。

小さいくせに、品のよさは大名の姫君といってもよい。

「まさか、大名のお姫さんが一人っきりで、川の上の橋に立っていたなんてことはありますまい」

庄之助が首をひねりながら、台所へ下りて鯉をおろしはじめた。

「病気は、なんだ」

あんなすさまじい咳は、はじめてみたという東吾に、宗太郎が少し、眉を寄せた。

「多分、喘息《ぜんそく》です」

「なに……」

「子供の時からの持病でしょう」

「重いのか……」

「たちの悪いものは、心の臓や脳などに障害を起すが、あの子のは、ごく普通のものだと思いますがね」

調べてみなければわからないといった。

「時折、発作的に、ものすごく咳込んで苦しむんだ」

その苦痛は、当人でなければわからないほど激しい。

「治らないのか」

「とはいわないが、厄介な病気の一つですよ」

「かわいそうだな、まだ、子供じゃないか」

そんな持病があっては、この先、嫁入りの障害にもなろう。

少し間をおいて、そっと東吾がみに行くと、娘は布団の中で、やすらかな寝息をたてていた。

「発作のあとは、出来るだけ安静にしているのがいいんです。ねむらせておきましょう」

「家の者は心配しているだろうな」

知らせてやりたくとも、娘の口から、親の家を教えてもらっていない。

「まさか、家出をして来たのではないでしょうね」

宗太郎がいい、東吾が笑った。

「家出した者が、他人のぶら下げている鯉なんぞを面白がるか」

橋の上にいた娘は、発作が起るまでは、まことに屈託のない、のびのびした態度であった。

家出をして途方に暮れていたような感じではなかった。

「それにしても、身許のわからないのは困るぞ」

そんな話をしているところへ、庄之助が入って来た。

土間に守袋が落ちていたという。さし出したのは、錦地に金糸で紋所を縫い取った立派な守袋であった。

「三つ巴《どもえ》の家紋か」

東吾が呟《つぶや》き、宗太郎が守袋を取ってみた。

「どうみたところで、こいつは大名物ですよ」

守袋の紐をゆるめてみると、守り本尊だろう大日如来のお札《ふだ》と、それを包んだ上質の紙の上に、岡部花姫、と書いてある。

「岡部花姫……」

二人が思わず顔を見合せた。

「岡部というと、まさか岡部美濃守の……」

この近くに、岡部美濃守の屋敷はないかと東吾がいい、庄之助が答えた。

「ございます。たしか、渋谷の長泉寺のむこうに、下屋敷が……」

東吾が今日、鯉を取りに行った百姓家への途中に当るといった。

「ひょっとすると、岡部家の姫かも知れないぞ」

宗太郎が眉間《みけん》に皺《しわ》を寄せた。

「しかし、仮にも大名家の姫が、なんで、一人で外へ出た」

「そいつはわからないが……」

岡部美濃守は泉州岸和田五万三千石の大名である。

千代田城では帝鑑の間詰めで、上屋敷は山王様の隣にある。

「俺はちょっと岡部家まで行って来る」

東吾は慌てて山荘をとび出した。

外は夜になりかけている。

宇田川伝いに走って行くと、遥かに人影が右往左往して、提灯の光が暗い中に動いているのがみえる。

提灯の紋所が三つ巴と知って、東吾は近づいて声をかけた。

「卒爾《そつじ》ながら、岡部家の御家中でござろうか。手前は神林東吾、この先の代々木野に隠棲されて居られる、稲垣内蔵介の門弟でござる」

相手は、聖堂の儒者、稲垣内蔵介を知っていた。

「稲垣先生の御門弟が、なにか……」

「先刻、代々木野に近い石橋の上で、たまたま、発病された娘御に行き合せ、とりあえず、稲垣先生の山荘にて介抱して居ります」

近くにいた侍が東吾に近づいた。

提灯の光の中で、白髪がそそけ立っている。

「その娘御が、所持されている守袋の紋所が三つ巴でございました。それ故、もしやと思い、お訊ね申した次第……」

「姫君は……御無事か、御容態は……」

老武士の横から、とり乱した女の声が叫んだ。

年齢からいって、乳母でもあろうか。

「神林殿とやら、早速、手前を稲垣先生のお住いへ御案内下さるまいか」

老武士がいい、東吾は丁寧に頭を下げた。

「承知いたした」

道々、東吾が話したのは、岡部家の姫には将軍家御典医の悴である天野宗太郎がついていて、発作は一応、おさまっている旨と、稲垣内蔵介も病中なので、急病人の姫のことは耳に入れていない点であった。

山荘の玄関を、老武士は足をふみしめるようにして入り、東吾の案内で座敷の障子を少し開け、ちょうど夜具の上に起き上って、宗太郎からもらった薬湯を飲んでいる娘をみたが、すぐに居ずまいを正し、廊下に平伏した。

「姫君には、ようこそ、御無事で……」

その声で、娘がふりむいた。

あっという顔をする。

「どのようにお探し申したか知れませぬ、乳母も手前も、生きた心地もなく……」

「爺《じい》、許してたも」

愛らしい声であった。

「花が、悪うございました」

「もったいない……」

老人の声が泣いていた。

「御無事なお姿を拝し奉り……爺は神仏の御加護に、ひたすら安堵《あんど》仕りましてございます」

「花を助けて下さったのは、そのお方たちじゃ、爺より、お礼を申し上げてたも」

東吾は、ひたすら感心して眺めていた。十三、四でも大名の姫は、なかなかのしっかり者である。

爺と呼ばれた老人は、別間に下って改めて東吾と宗太郎に手を突いて、礼を述べた。

「手前は岡部美濃守の用人、舟木又兵衛と申す者、花姫様、お守役を申しつかって居りました」

今日の昼、岡部家下屋敷では、庭の手入れをしていた者が、枯れ草を焼いたのが、折からの強風で雪囲いの藁《わら》に燃え移り、少々のさわぎになった。

「幸い、建物には燃え移ることもなく、ことなきを得ましたものの、さわぎにとりまぎれている中に、姫様のお姿がみえなくなりまして……」

大事には至らなかったとはいえ、火を出したことだけでも責任を感じている矢先、姫君まで行方知れずとあっては、

「罪は万死に当り申す」

姫の身に万一のことでもあれば、皺腹を切っても追いつかないことだったと、舟木又兵衛は声をつまらせた。

「良いお方にお助けを蒙《こうむ》り、なんとお礼を申してよいやら……」

今夜の中に、姫を下屋敷へ移したいが、病気には差支えないかと、宗太郎に訊いた。

「発作はすっかりおさまっていますし、駕籠でゆるゆると帰られるには別状はないでしょう。なんなら、手前がお屋敷までお供をしましょう」

宗太郎が気易く承知して、舟木又兵衛は大喜びで帰って行った。

下屋敷へ戻り、迎えの準備をして出直してくるためである。

東吾が座敷へ行くと、花姫は自分で身じまいをととのえ、座布団にすわっていた。

「間もなく、お迎えが来るそうですよ」

五万三千石の姫君とわかっても、東吾の目には、石橋の上で気易く声をかけて来た時の印象が強く、急に改まった挨拶が出て来なかった。

「知らせたのは、あなたですか」

少し、忌々しそうな顔をする。

「守袋から足がついたのですよ。無断で屋敷を脱け出そうとするなら、ああいうものを持って来てはいけません」

「足がつくとは、身許が知れるということですか」

「左様です。普通は悪事を働いた奴の時に使いますが……」

「屋敷を脱け出したのは、悪事ではありません」

「しかし、もし、姫君の身になにかあったら、お守役は生きては居られませんからね。実際、今日のことが殿様のお耳に入ってごらんなさい、舟木殿はどのようなおとがめを受けるか」

「そのようなことは、花がさせません、この身にかえても、舟木の爺に、切腹などさせるものですか」

脣を結び、泣きそうな目をしている。東吾は矛先を変えた。

「いったい、なんだって、お屋敷を出て来たのですか」

花姫が子供らしく、頬をふくらませた。

「あなたのように、自由に外を歩ける人にはわかりません」

「外の世界をみたかったのですか」

「ほんの少しだけ……皆に気づかれる前に戻る筈でした。歩いている中に帰り道がわからなくなって……」

「それで、橋の上で立ち往生していたのですか」

東吾が笑い、つんとしていた姫君が一緒に笑い出した。

「でも、畑と野原ばかりで、なんの道しるべもないのですもの」

「それはそうだな」

「あなたは、ここに住んで居るのですか」

「いや、八丁堀と申すところです」

「なにをしてお出でなの」

「なにもしていません」

「御奉公をなさっているのでは……」

「兄は町奉行所の与力をしています。手前は次男坊で……」

「でも、なにかをしてお出でなのでしょう」

「少しばかり剣術を教えています。それと、捕物の手伝いとか……」

「捕物……」

「世の中には悪いことをする奴がいます。火付、泥棒、かどわかし、人殺し……そういう奴等をつかまえる仕事です」

「どのようにしてつかまえるのですか」

「それはまあ、いろいろとありまして……」

穏やかな春の宵、東吾と花姫様の明るい話し声は、下屋敷からの迎えの駕籠が到着するまで、のどかに続けられた。

二

代々木野の山荘に滞在している間に、東吾は岡部家からの迎えを受けて、何度か、渋谷の下屋敷へ出かけて、花姫の話し相手をさせられた。

また、成り行きで、花姫の持病について相談を受けた天野宗太郎も、

「花姫様の場合は、子供の時から大事にされすぎて、病気に対する抵抗がなくなっているのがいけません。折角、環境のよい下屋敷にお移ししたところで、邸内に閉じ込めておいたのではなんにもならない。せいぜい、太陽に当り、自然の中を歩かせることです」

と助言したこともあって、もっぱら、東吾は下屋敷の広大な庭を、花姫のお供をして歩き廻ったり、時には屋敷の外まで出かけて、さまざまの捕物話を聞かせた。

最初の中は、乳母だの、女中だのが傍にひかえていたが、東吾の人柄がわかるにつれ

て、用人の舟木又兵衛が、東吾の話の邪魔にならない程度に遠ざけてくれたので、話し相手としては、ぐんと気楽になった。

花姫は屈託がなく、好奇心が旺盛で、町方の話を根掘り葉掘り訊いては、楽しんでいる。

が、東吾にしても、いつまでも代々木野に滞在するわけにも行かなかった。

老師は健康を回復し、日常生活に不自由もなくなった。

狸穴の方月館の稽古日が近づいて、東吾は岡部家の用人にその旨を伝え、花姫に暇を告げた。

方月館へ来て、いつものように稽古三昧《ざんまい》の日を送りながら、東吾は時折、高台から見渡せる青山の長者丸の原を眺めていることがあった。そのむこうに渋谷の村があり、岡部家の下屋敷がある。

花姫様は、どうしているかと思う。

春の変りやすい天気で、急に気温が下った夜など、持病の喘息が起っていなければよいがと考えている自分に気がついて、やれやれ、俺もお節介になったものだと内心、苦笑する。

方月館の稽古が、あと二日という日の夕方に天野宗太郎が立ち寄った。

彼は今日、番町へ帰るという。

花姫は、あれ以来、喘息の発作を起していないといった。

「やはり、天野宗太郎の蘭方はたいしたものだな」

思わず感心したのに、

「蘭方のせいじゃない。丈夫にならないと捕物見物は出来ないといってやったんです」

「捕物……」

「東吾さんと一緒に、捕物をするのだと、たのしみにしていますよ」

「冗談じゃない。お姫様を捕物になんぞ連れて行けるか」

「方月館の稽古が終ったら、訪ねてくれと御用人がいっていました。お姫様も首を長くして東吾さんを待っていますよ」

宗太郎は可笑しそうにいって、松浦方斎に挨拶をし、番町の屋敷へ帰って行った。

狸穴の稽古が終った日、東吾は迷いながらも、結局、まっすぐに大川端へ向った。

これ以上、花姫に深入りするのは剣呑《けんのん》だという気がしたからである。別に十三、四の娘に恋心を持ったわけではないが、先方は大名の姫である。いい気になって相手をしていると、どんな難題をいい出すか知れたものではない。

「かわせみ」の敷居をまたぐのは二十日ぶりであった。

「代々木野の老先生がお悪かったそうで……」

るいも嘉助も、お吉も単純に東吾が代々木野で老師の看病をしていたと思っている。

そうなると、かくしておける性分ではなくて、

「お姫様の迷子を拾ったんだぞ」

つい、洗いざらい喋ってしまった。

「お大名のお姫様が、一人でお屋敷の外に出るなんてことがあるんですか」

るいもお吉も、そのことにびっくりしている。

「上屋敷じゃ考えられないが、下屋敷はどこも人手が少いし、邸内がだだっ広いからなあ」

おまけに花姫は一度、屋敷の外へ出てみたくて、その機会をねらっていた。

「要するに、おてんばなお姫様なんだ」

「喘息の持病とはお気の毒ですね」

といったのは嘉助で、

「手前の知り合いの子供も、長年、喘息の発作で苦しんで居りましたが、十八、九になりましたら、ぷっつり、それがなくなりましたので……」

「天野宗太郎も、そんなことをいっていたよ。成人して体を鍛えれば、或る程度は病気を克服することが出来るそうだ」

「お姫様は、おいくつなんですか」

とお吉。

「十三、四だろう。まだ子供だ」

「お年頃までに、お治りになるとよいですね」

しみじみとるいがいって、その話はそこで終りになった。

その晩はるいの部屋に泊って、翌日、東吾は八丁堀の屋敷へ戻った。

神林家の庭にも一本ある桜が、ちらほら咲きはじめている。

兄の神林通之進が、岡部家の用人、舟木又兵衛を伴って帰って来たのは、庭の桜が五分咲きの頃である。

兄嫁に呼ばれて、東吾は居間へ行き、舟木又兵衛と対面することになった。

「本日は折入って、神林殿にお願いの儀、これあって……」

鹿爪らしく舟木又兵衛に向き直られて、東吾は手を振った。

「姫君が捕物をとおっしゃるなら、お断り申します。そんなことが出来るわけはない」

又兵衛が苦笑した。

「その儀は、手前より申し上げました。ただ、姫君には、大川を眺めたい、永代橋を渡ってみたい、深川の長寿庵へ参って、蕎麦を食べてみたい、木場と申すものをごらんになりたい、自身番を……町廻りをされる定廻りの様子を他所《よそ》ながら、ごらんになりたい……」

東吾は絶句した。要するに東吾が話した江戸の市井《しせい》の風物を、花姫はみたがっている。

「無理ですよ、大名のお姫様が長助の長寿庵で蕎麦など召し上ったら、忽《たちま》ち、かわら版が書き立てましょう」

又兵衛がうなずいた。

「無論、お忍びでと申すことになりましょうが……」

通之進が、そっと弟をみた。

「岡部美濃守様も御承知なされたそうじゃ」

「なんですと」

東吾があっけにとられ、用人が頭を下げた。

「花姫様はわれらが御主君、美濃守様が四十をすぎて、はじめて誕生された姫君にて、殿は掌中の珠のように、お慈《いつく》しみでござった」

加えて、姫が二歳の時に生母である奥方が病死したこともあり、また、姫自身も病弱であったために、大事の上に大事をとって育てられたという。

「殊《こと》に、御持病には閑静な下屋敷のほうがよろしかろうと、長年にわたってお寂しい毎日が続いて居りました」

子供らしい遊び事も、神社仏閣への参拝もかねた気晴しの外出も知らずに成長されたと、用人は声をつまらせた。

「東吾殿がお話し相手に参られて、手前共は、はじめて、あのように快活に笑われる姫君のお声を耳に致したのでござる」

一度で良いから自由に江戸の町へ出てみたいという願いのために、毎日、庭を歩き、東吾が迎えに来る日を、たのしみに待っている花姫をみて、用人は覚悟を決めたといった。

「なにもかも、殿様に申し上げ、なんとか姫君のお望みをかなえて差し上げたい。そのための責任は、手前の命を賭けて……」

思いつめた舟木又兵衛に、岡部美濃守は、何事もまかせる、姫の気持のすむようにとお許しが出たという。

「この上は、東吾殿の御助力を願う他はありません。尚、本年は殿様、お国入りの年でござれば、殿にはお上に願って、姫君を国表に同行なさる由にございます。やがて、お輿《こし》入れの御仕度のためでござるが、国入りをなされては、二度とかような機会は参らぬと存じ、重ねて、神林殿の御尽力をお頼み申し上げる」

兄の同意を確かめてから、東吾は承知した。

「手前に出来ることなら、なんなりと仰せ下さい。出来得る限り、姫君のお望み通りに努力しましょう」

打ち合せは夜更けまで続き、やがて、舟木又兵衛は足取りも軽く帰って行った。

三

その日、江戸の桜は満開であった。

花姫を乗せた駕籠は早朝に渋谷の下屋敷を出た。目立たぬよう、ごく普通の乗り物である。

赤坂見附まで東吾が出迎えて、そこから、まっすぐ大川端の「かわせみ」に入る。

「かわせみ」の客間で、待っていた髪結いが、花姫の髪を町方の娘のように結い直し、るいが用意をした友禅の町方の娘の着物に着替える。

「東吾を呼んで下さい。東吾にみてもらいます」

仕度が出来ると、花姫は嬉々として、東吾を呼び、その前で両手を広げてみせた。

「これで、町方の娘にみえますか」

東吾も晴れやかに笑った。

「そうですな、町の娘にしては品がありすぎますが、まあ、みえないこともないでしょう」

屋敷からのお供はそのまま、「かわせみ」において、お忍びの花姫には東吾と、これもあらかじめ打ち合せておいてやって来た天野宗太郎、それに花姫の侍女が一人つく筈だったが、

「供は東吾と宗太郎先生で充分です。他の者は、ここで待つように……」

花姫の一言で、男二人を従えて「かわせみ」を出発することになった。

歩いて永代橋を渡る。

橋の袂《たもと》には長助が出迎えていた。

いつもと同じようにといわれていても、なんとなくかしこまっている。もっとも、長助は東吾のつれている娘が大名の姫とは知らされていなかった。少々、身分のある、とだけ耳打ちされている。

長寿庵の店へ入った。客がけっこう入っている。

「なににしますか」

物珍しそうに、店を見廻している花姫に東吾が訊き、

「なにが、おいしいのですか」

死ぬほど、お腹がすいているという花姫が釜場のほうをみる。

「なんでも旨《うま》いですが……」

「東吾と同じものにします」

種物を三つ、註文した。あられ蕎麦である。

それを食べてから東吾と宗太郎が、かけ蕎麦をもう一つずつ頼むと、

「花も、それを頂きます」

お姫様も、二人前を平らげた。

それから木場へ出る。

神林通之進が内々で手配をしておいたので、木場の若い衆が、掘割の中の材木を扱う様子や、ついでのように、さまざまな角乗《かくの》りの芸をみせてくれる。

花姫は息を呑んでみつめ、頰を赤くして手を叩いた。

富岡八幡の境内へ出て、茶店で一服し、ここでもお姫様は草団子を食べて、お茶を飲んだ。

そのあたりには子守っ子もいるし、お宮参りにやって来た赤ん坊連れの夫婦もいる。

なにをみても、たのしげな花姫が、茶店のすみで売っている鳩笛を手にした。

「吹いてみますか」

　東吾がいうと、唇にあてて上手に吹く。その笛を東吾は買った。

「まるで、娘と祭見物に来た親父のようですね」

背後で宗太郎がひやかしたが、東吾はなにをいわれても全く、気にならなかった。

限られた今日一日、花姫を如何に楽しませるかだけを考えている。

「折角、ここまで来たのですから、向島の花見をしましょう」

堤の上は人出があるから、あらかじめ長助に舟の用意をさせてある。

ずっと、店から供について来ている長助が先に立って竪川のほうへ行くと、自身番の前で定廻りの畝源三郎と出会った。

「番人」

源三郎の声が定番へ向い、

「何事もないか」

「へえ」

定番が頭を下げた時には、もう源三郎の姿は遠くなっている。

「あれが町廻りです。ああして町から町へ、自身番を廻って行くのです」

「随分、早く行ってしまうのですね」

花姫は驚いたように、源三郎の後姿を見送っている。

「事件があれば、自身番の障子が開けてあるのです。密告者があって、そのまま、捕物に向うこともあります。しかし、町廻りがあの早足で、背中にひびを切らして江戸の市中を廻るのは、町々に何事もないため、いわば江戸の平安のためです。彼らが廻っていることで犯罪は少くなる。悪い人間が定廻りの旦那を怖れることで、人はのんきに暮すことが出来る。町奉行所の人々は、何事かあって功名手柄を挙げるのをのぞんでいません。何事もないために、生涯を江戸の町々を歩き続けて終ることを誇りとしていますし

珍しく饒舌になった東吾に、花姫はしんと耳をすませていた。

「でも、危険な捕物もあるのでしょう」

「無論です。江戸の平安を破る者に対して、奉行所の与力、同心、南北合せて五十騎と二百四十人、総力を挙げて戦い抜きましょう」

舟には、長助が選んだ腕っこきの船頭が二人乗っている。

大川へ出て、上流へ竿《さお》をさし、櫓《ろ》で漕ぎ上る。

「若先生のおつれになった、可愛いお嬢さんにおみせしようてんで、深川の連中が堤の上で獅子舞の用意をしてます」

長助が向島の土手へ手を上げて、そこで賑やかな笛太鼓が始まった。

花姫は嬉しそうに見物している。

ここで、陽が暮れた。東吾は川風を思って自分の着ている羽織を脱いで、花姫の背に着せかけた。

堤の上の満開の桜は、夕映えの中でひとしきり花吹雪を散らしている。

「なんと美しい……花は生涯、忘れません。お江戸の春は、たとえようもなく見事で、そして……かなしい……」

東吾はつとめて磊落《らいらく》に応じた。

「泉州の春も美しいと思いますよ。花姫様の行かれるところ、春は必ず、美しい。何故なら、あなたは花の姫君ですからね」

それは、東吾にしても、せい一杯の願いでもあった。

帰りの舟で、花姫は疲れたのか、東吾によりかかって、すやすやとねむってしまった。

冗談好きの宗太郎も、なにもいわず、ただ大川の流れをみつめている。

「かわせみ」では、板前が腕をふるった夜の膳が花姫を歓待した。

「東吾も宗太郎先生もお相伴をして下さい」

気持のよいほどの食欲で膳の上のものを食べ、花姫はるいに案内されて別室へ行った。

再び、出て来た時は、岡部家の姫君に戻っている。

「花のために、いろいろと苦労をかけました。心からお礼を申します」

これを、と髪に挿したばかりの珊瑚《さんご》のかんざしを抜いた。るいへさし出す。

「東吾の妻となる人なのですね、幸せを、泉州より祈っています」

乳母に導かれて、乗り物に乗った。

表には、奉行所から戻って来た神林通之進が、畝源三郎ら、数名の同心を伴って待っている。

「姫君のお見送りに……」

駕籠が上り、行列が動き出した。

神林通之進の一行は赤坂見附まで、東吾は単身、行列について渋谷の岡部家下屋敷まで行った。

「姫、東吾殿がお別れを……」

乗り物に用人が近づいて声をかけると、戸のむこうから、小さく叫んだ。

「開けないで……」

明らかにに泣き声であった。

八丁堀から渋谷まで、駕籠の中の花姫は泣き通していたのだろうか。

東吾は土に膝を突いた。

「これにてお別れを申します。末長く、お幸せに……」

用人や乳母が、東吾に頭を下げ、行列は吸い込まれるように、下屋敷に入った。

見送っている東吾の耳に、やがて聞えて来たのは鳩笛の音であった。

途切れ途切れに、しかし、懸命に花姫は鳩笛を吹いている。

春の夜の中に、東吾はいつまでも鳩笛を聞いていた。

筆屋《ふでや》の女房《にようぼう》

一

江戸の桜も、これでおしまいかと思われるような大雨と風が半日、吹き荒れて、やがて夜。

風はやみ、雨も小降りになっていた。

大川端の宿「かわせみ」では、その夜の客は六組、いずれも、そんな空模様だから、更けてから出かける者もなくて、夕食の膳が下ると、風呂へ入って早や早やと部屋の灯を消すところが多かった。

嘉助はいつものように、四ツ（午後十時）近くまで帳場にいた。

大戸は早くから閉めていたし、くぐり戸の桟も下りている。

手燭を持って、客の泊っている一階から二階をぐるりと廻って戻ってくると、帳場のところに、女中頭のお吉が立っている。

小さなお盆の上に、嘉助の筒茶碗がのっていた。

「甘酒、作ったんですよ。明日あたり、狸穴から若先生がお帰りになると思いまして
ね」

近所の酒問屋から酒粕をわけてもらって来てお吉が作る甘酒は、東吾の好物の一つで
あった。

「お吉の作る甘酒は旨《うま》いな」

という、その一言が嬉しくて、冬の間中、せっせと甘酒作りをしていたお吉だったが、
酒問屋で今年の酒粕はこれでおしまいだといわれたという。

「暖かくなったら、甘酒でもありませんしね」

味をみてくれと勧められて、嘉助は熱い茶碗を掌《てのひら》にのせて、押しいただいた。

「若先生より先に御馳走《ごちそう》になっちゃすまねえなあ」

花冷えというか、雨のせいで足許から冬が甦《よみがえ》って来たような夜更けである。

嘉助が甘酒を一口飲んだ時に、戸を叩く音がした。

如何にも遠慮がちな叩き方と一緒に、

「ごめん下さいまし」

女の声がする。

嘉助は無言で茶碗をお吉へ渡した。白髪頭に似合わぬ敏捷《びんしょう》さで土間へ下り、大戸の外

の気配を窺う。それから、音もなく段梯子を使って、普通の商家とは違う所についている臆病窓をのぞいた。

暗い外に、女が一人、立っている。

丁寧に見廻したが、あたりに賊がかくれている様子はなかった。

女は、とんとんと戸を叩いている。

「どなたさんで……」

用心深く、嘉助が答えた。

お吉はその間に嘉助の部屋へとんで行って古い樫《かし》の木刀を取って来た。

これは、嘉助がまだ八丁堀のお手先だった時分、鍛練のために愛用していたもので、御用の十手をお返し申してからの嘉助の唯一の武器であった。

嘉助の問いに、外から優しい返事が戻って来た。

「私、神田三河町の筆屋、盛林堂の家内で、たかと申します。こちらは、神林東吾様に御縁のあるお宿とうかがって参りました」

「番頭さん……」

同じように外の声に耳をすましていたお吉が嘉助をみて、いいかけた時、奥から、るいが近づいて来た。

「東吾様ではなかったの」

てっきり、狸穴《まみあな》からと思った様子である。

「若先生じゃございませんが、どうも若先生を御存じの方らしくて……」

お吉から受け取った木刀を、念のため背中へかくしておいて、嘉助は素早く、くぐり戸を開けた。

「どうぞ、お入りになって……」

女が入るのをみて、又、さりげなく戸を下す。

「どうも、遅くに申しわけございません」

傘を手にしていた。女物の高下駄で足袋が少しばかり汚れている。

着ているものは、重みのある縮緬《ちりめん》であった。髪は少し、ほつれてはいるが、毎日、本職の髪結いが結っているものに違いない艶《つや》の良さであった。

なによりも、面立ちが上品で、物腰はしとやかである。

これは、盗賊の一味などではないと嘉助は判断した。

この節、盗っ人仲間が女や子供に戸を叩かせて、その家の者がうっかり入口を開けたとたんに押し込んで来て、盗みを働くというのが珍しくない。それを知っていての嘉助の用心であったが、「かわせみ」へ入って来た女の様子には、その心配は不要のようである。

「まことにおそれ入りますが、よんどころないことがございまして、家を出て参りました。お手数ではございますが、八丁堀の神林様までお使をお願い申したいのでございます」

神田三河町の筆屋の女房と名乗った女がいい、るいが訊《たず》ねた。

「神林様はよく存じて居りますが、どのような御用で……」

「東吾様に、私がこちらで待っているからとお伝え下さいまし」

お吉が嘉助の横腹を突っついて、嘉助が口をはさんだ。

「神林様の若先生は、今日は狸穴のほうにお出かけで、お留守と承って居ります
が……」

女がひどくうろたえた。

「狸穴でございますって……」

「狸穴の方月館と申す所に、毎月十日間ほど御滞在で……」

「いつ、お帰りでございましょう」

「おそらく、明日あたりと存じますが、たしかなことは……」

「それでは待たせて頂きます。今夜のお宿をお願い出来ましょうか」

嘉助がゆったりした微笑を浮べた。

「お住いが神田三河町なら、手前共へお泊りになるまでもございません。お帰りならば、駕籠《かご》を呼び、手前がお店までお送り申しますが……」

女が激しく首を振った。

「私、命をねらわれて居ります。家へ戻れば怖ろしいことが起ります」

「かわせみ」の三人が、ふっと顔を見合せ、るいがいった。

「ともかくも、お宿を致します。お吉、御案内を……」

帳場のむこうには、まだ起きていた「かわせみ」の奉公人が心配そうに、こっちをのぞいている。

お吉が盛林堂の女房と名乗る女を、二階の空いている客間へ案内して行き、るいは女中達に火桶《ひおけ》と茶を運ぶようにいいつけた。

「飯のほうは、どうなりますか」

板前の勘助が訊いた。

板場は火を落してしまっている。

「湯漬けのようなものなら、なんとかなりますが……」

しかし、お吉が二階から戻って来ての話では、客は空腹ではないという。

「いったい、どういうことなんですかね。命をねらわれているなんて、おだやかじゃありませんよ」

とお吉がいい、るいは、

「三河町のお宅のほうへ知らせなくてもよいものかしら」

と不安顔をする。

「ともかくも、手前が様子をうかがって参りましょう」

嘉助が女たちをなだめ、宿帳を持って上って行ったが、やがて、

「若先生がお出でになるまでは、なにも話せないといいまして……疲れているから休み

たいとおっしゃいます」

で、女中が布団を敷きに行った。

「家のほうは、どうでもいいといってお出でですが、ほうってもおけませんので、使をやりましょう」

さして遠くもない神田三河町である。

嘉助から口上をいい含められて、若い衆が夜の中を出かけて行った。

「なんで、あんな筆屋のおかみさんの口から、若先生のお名前が出るんでしょうかね」

ぽつんとお吉がいうと、るいは自分もそのことを考えていたにもかかわらず、慌てて弁解した。

「そりゃあ、東吾様だって、お筆ぐらい、お買いになりにいらっしゃるでしょう」

「ですけど、若先生にしか話せないなんて、いけすかない女じゃありませんか」

傍にいた嘉助が、お吉をたしなめた。

「馬鹿なことをいうものじゃない。あんな、狐を馬に乗せたような女を、若先生が、なんともお思いなさるまいが……」

狐を馬に乗せたという嘉助のいい方が可笑《おか》しくて、るいは、つい笑ってしまった。

「第一、あの女は、若先生が狸穴の方月館へお出かけになっていることも知らないんだ。昵懇《じっこん》な間柄なら、それくらいのことは、とうに承知している筈《はず》じゃないかね」

お吉にいうという感じで、嘉助は、るいがよけいな気を廻さないようにと忠告しているようであった。

「あたしは、なにも、あんな女と若先生が可笑しいなんていってやしませんよ。ただ、あの女が、若先生とさも親しそうにいうのが、癪《しゃく》にさわっただけで……」

お吉がつんとして台所のほうへ去り、嘉助は、るいにいった。

「どうか、もう、おやすみになって下さいまし。使が戻って来たら、お知らせ申します」

るいは素直にうなずいて、自分の部屋へ帰り、嘉助はすっかり冷えた甘酒の茶碗を取り上げた。

外は亦《また》、静かな夜になっている。

二

翌朝、嘉助は八丁堀の畝源三郎の許へ走って行った。

源三郎はすでに起きていて、お千絵が朝餉《あさげ》の膳の用意をしていた。

かいつまんで、昨夜の筆屋の女房の件を嘉助は話した。

「三河町の店には知らせたのか」

「はい、番頭の半兵衛さんと申しますのが、すぐに参りまして、お内儀《かみ》さんが出かけたのを、家の者は知らなかったそうで……」

主人の要助は三日前から町内の者達と、大山詣《まい》りに出かけて留守であった。

「なにしろ、お内儀さんのほうは、もう休んでいましたので、番頭は朝になったら出直して来ると申しまして、昨夜は帰りました」

「筆屋の女房は、殺されると申したのだな」

「はい、どういうわけかは存じませんが……」

源三郎はうなずいて、奉行所へ出仕した後に「かわせみ」へ寄るといった。

「いつも、御厄介をおかけ申してすみません」

まっしぐらに、嘉助は大川端へひき返した。

朝陽が漸《ようや》く、「かわせみ」の暖簾《のれん》にさしはじめている。

早立ちの客が「かわせみ」を出立して行き、滞在の客も朝飯をすませて、各々、用事に出かけて行った頃になって、筆屋の女房は起きて来た。

「おかげさまで、久しぶりによくねむれました」

お吉が運んだ朝飯をすませたところへ、畝源三郎が来た。

三河町の盛林堂へ寄って来たといい、番頭の半兵衛を伴っている。

二人を帳場の奥の部屋へ案内してから、筆屋の女房を呼んで来た。

「お内儀さん……」

番頭が腰を浮かせ、入って来たおたかへいった。

「なんだって、こんなことを……」

筆屋の女房のおたかは、冷たい表情で番頭を眺めた。

「お前達が、あたしのいうことを信じないから、あたしは自分で自分を守るしか仕方がない。もういいから、ほうっておいておくれ」

源三郎が声をかけた。

「命をねらわれていると申したそうだが……」

「そのことは、神林様がお帰りになってから御相談申します。神林様なら、あたしのいうことを信じて下さいますでしょうから……」

部屋の入口から、勝手に二階へひき返して行った。

「どうも、御無礼なことを申し上げて……」

恐縮している番頭に、源三郎が苦笑した。

「盛林堂の主人は、大山詣《もう》でだそうだが、女房があのような有様なのを知って居るのか」

番頭がうつむいた。

「満更、御存じないことはございませんが、何分にも、雲を摑むような話でございまして……」

「お内儀の妄想というのか」

「そうとも申せませんが……」

歯切れの悪い調子で、番頭が話し出した。

「つい先だっての、桃の節句の時に、お内儀さんが白酒を飲んだとたんに具合が悪くなりまして……」

「かわせみ」の暖簾のところに、人影が立った。

「おい、誰か手を貸してくれ」

東吾の声が、滅法、陽気であった。

「酒粕をもらって来たんだ。今、馬から下すが、重いから女の手には負えないぞ」

表に馬が大きな菰包《こもづつみ》を背にしている。馬子は馬の手綱を「かわせみ」の軒下の棒杭《ぼうぐい》につないでいた。

あたふたと、嘉助や「かわせみ」の若い衆がとび出して来て、大きな荷を三つ、店先へ運び込む。

ぷんと酒の匂いがした。

「お帰りなさいませ」

いそいそと、るいが土間へ下り、やんちゃな亭主は得意そうに話し出した。

「方斎先生のお供をして、麻布で酒を造っている家へ行ったんだ。そこで旨い粕汁を馳走になってね。おとせの奴がもらって来いというものだから、善助が頼みに行ったら、馬百頭が食うほど持って来やがって……方月館中、酒臭くなっちまったんだ。こいつは、そのおすそわけさ」

顔を出した源三郎にもいった。

「源さんの所にも運ばせるぜ。こいつを毎晩、飲んだら、内儀さんの冷え性なんぞ一ぺんで治るそうだ」

「東吾さん……」

源三郎が笑いながら、

「神田三河町の筆屋の女房を知っていますか」

東吾がきょとんとした。

「筆屋の女房……」

半兵衛が東吾の方へ来て、両手を突いた。

「神林様、いつも御註文を承りまして……」

「ああ、盛林堂か」

ふっと真顔になった。

「盛林堂になにかあったのか」

るいが、ここぞと耳許でささやいた。

「盛林堂のお内儀さんが、東吾様にしかお話し出来ない大事なことがおありだとかで、昨夜から、ここの二階でお待ちですよ」

他人にみえないところで、東吾の太股《ふともも》のあたりを軽くつねった。

「どうも、帰る早々、驚かされるな」

るいの部屋へ通って、源三郎とるいに囲まれるようにして座布団にすわりながら、東吾が頭へ手をやった。

「盛林堂は、父上が御贔屓《ひいき》だったんだ。その縁で、兄上もあそこの筆がお気に入りで気のきいた硯《すずり》や上質の唐墨を取り寄せることもあるし、日用使いの筆は始終、買いに行ったり届けさせたりしている。

「俺も兄上の使で何度か店へ行ったことがあるし、あそこの内儀が屋敷へ届けに来るので、顔はよく知っている。馬鹿っ話のついでに、かわせみのことを話したかもしれないが、そんなことで格別、昵懇などといわれる筋はない」

むきになって弁解している所へ、嘉助が東吾を呼びに来た。おたかが、二階の客間のほうで、話をしたいといっているという。

「どうも厄介だな」

間が悪そうに東吾は嘉助について行った。

二階の梅の間は、窓を開けると大川が見渡せる。

盛林堂の女房おたかは、化粧をし、身じまいをして、手をつかえていた。

「このたびは、御迷惑をおかけ致しまして」

しっとりと色気のある眼差しで見上げられて、東吾は柄にもなくどぎまぎした。

小半刻《こはんとき》（三十分）ほどで、おたかは東吾に送られて階下へ下りて来た。

待っていた番頭が駕籠を呼び、おたかを乗せて神田三河町へ帰って行く。

「なんだというのです」

待ちかまえていた源三郎が、東吾に訊いた。

ね」

「源さんは鎌倉河岸の豊島屋を知っているか」

とたんに、お吉が喚《わめ》き出した。

「知ってる段じゃありませんよ。お雛様の時のお白酒は、鎌倉河岸の豊島屋か、芝の四方《よ》かっていうくらいで、どっちかっていうと四方《も》のほうは甘口で、豊島屋は辛口なんです。うちじゃ、お嬢さんが四方のほうがお好きだから、豊島屋へは行きませんが……」

源三郎が慌てて制した。

「豊島屋が、なにか……」

「おたかは豊島屋から買って来た白酒で毒殺されそこなったというんだ」

三

鎌倉河岸は、三河町一丁目と竜閑橋の間をいい、大川の三ツ股から永久橋の下を通り、箱崎橋を抜けて日本橋川に合流する水路が、千代田城の外堀に流れ込んで神田橋御門へ向う途中に当り、徳川家が築城の際、鎌倉から取り寄せた石をこの河岸から上げたところから鎌倉河岸の名が生じたといわれている。

豊島屋はその鎌倉河岸に面した商家で、普段は酒醤油問屋であった。

「以前は居酒屋などをしていたようですが、四、五十年前から三月三日の白酒を売り出して、どういうつてがあったのか知りませんが、千代田城大奥へ献上したそうで、同じ頃にやっぱり、芝の四方のほうも、大奥へ白酒を売り込んで……、まあそんなところから、白酒といえば四方か豊島屋かって、女子供がさわぎ出したようでございます」

三河町で名主をしている瓜生六左衛門というのが、源三郎と東吾を案内しながら話した。

「普段は、この通り、なんということもございませんが、二月の末の白酒の売り出しの日には、店の周囲に柵を立てまして、町内の若い衆が店の者と一緒に声をからして客の混雑を整理致します。その日は、酒醤油相休み申し候と書いた札が出まして、白酒だけを売りますが、まあ半日で売り切れなどということもございまして……」

近年、とみに人気が上る一方だという。

源三郎が先に、豊島屋へ入った。名主が手代に声をかけ、すぐに番頭がとんで来た。

「あいにく、主人は他出して居りますが……」

下にもおかず、すぐに手代が銘酒を運んで来る。源三郎も東吾も手をつけなかったが、六左衛門は酒好きらしく、遠慮がちに盃を取った。

「盛林堂の内儀が、ここの白酒を飲んで具合が悪くなったという話は聞いているか」

源三郎が切り出すと、番頭は顔色を変えた。

「どういうつもりで、盛林堂さんがそういうことをおっしゃるのか存じませんが、手前共では同じ白酒を、大奥にもお届け申して居りますし、一日で何百人という方々が、お求め下さって居ります。もし、その白酒に異常があれば、今頃は大さわぎになっている筈で……」

「盛林堂に怨まれる筋は……」

「ございません。近くではございますが、おつき合いもございませんし……」

白酒は量り売りだが、縁起物なので、店の前であらかじめ用意した樽や桶を売り、客は必要に応じて四斗樽で買う者もあれば、一升ほど入る桶を何個か持って行く者もあるという。

「とにかく、左様な難癖をつけられましては、手前共では大迷惑致します」

盛林堂がそうした噂を流すのならば、訴訟にもしかねない剣幕であった。

豊島屋を出て、神田橋御門から二つ手前の路地を入ると三河町二丁目で、御筆師盛林堂は由緒ありげな立派な店がまえであった。

紀州様御用の木札が古びている。

番頭の半兵衛は店にいたが、東吾達の顔をみると、

「只今、主人が帰って居りますので……」

奥へ行って、入れかわりに三十五、六の優男《やさおとこ》が、

「手前が盛林堂主人、要助でございます」

と頭を下げた。東吾はこの主人の顔をみるのは初めてであった。普段はあまり店先に出ていない。

顔形は眉目秀麗な美男だが、体つきはがっしりしていて、背も高い。なによりも容貌に甘い色気があって、役者にでもなったら、さぞ人気が出そうな感じがする。

店の脇の小座敷で、東吾と源三郎は要助と向い合った。

自分が町内のつき合いで大山詣でに出かけた留守中に、女房が家出めいたことをしたのは、番頭から聞いているといった。

「どうも、白酒の一件以来、家内が店中の者に疑いを持ちまして……」

どう考えてもこの店の中には、おたかを殺そうとする者はいないと要助はいった。

「しかし、お内儀は白酒に毒が入っていたと申して居る」

「はい、たしかに、家内は三日の午後、白酒を飲んでから苦しみ出しまして、近くのお医者に来て頂きました。幸い、手当が早く、翌日には顔色も元に戻りましたが……」

「白酒は、お内儀だけが飲んだのか」

「はい、手前はあのような甘い酒は好みませんので……女中達は夜になってから、家内のお下りを頂くことになって居りました」

「白酒を豊島屋へ買いに行ったのは……」

「女中のお玉でございます。家内が雛道具の銚子に入れまして、三日間、雛壇に飾られたままで……」

とすると、その間に毒物をしかけることは出来る。

「白酒を一番に飲むのは、お内儀と決っているわけだな」

東吾がいった。

「左様でございます。手前共では子供が居りませんし……」

「この店の者で、おたかを怨んでいる者は」

「あるわけがございません。おたかは家付娘でございまして、奉公人もみな何年も前から働いて居ります者ばかりで……」

「白酒が雛壇に飾られてから、外の者で訪ねて来たのは……」

店へ来た客をのぞいて、奥の、雛壇の飾ってあった部屋まで通った者はないかと、東吾が訊き、要助が困った顔になった。

「手前の外出中に、どなたかおみえになったかも知れませんので……」

手を叩いて女中を呼んだ。白酒を買いに行ったお玉という名の女中であった。

年は、十八、九だろう、頰が赤い、丸っこい体つきの娘である。

「お内儀さんの所には、たしか二日の日に、近江道仙先生のところの、お蝶さんがおみえになりました」

近江道仙というのは近所の医者であった。

「おたかが具合が悪くなりました時、診て頂きまして……」

お蝶というのはその医者の娘で、

「家内とは幼なじみでございます。長らく御殿奉公に上って居りましたのが、体を悪くして帰って参って居ります」

二日に来たことを要助は知らなかったらしい。

そこへ髪結いに行っていたというおたかが戻って来て挨拶をした。

「二日にお蝶という者が訪ねて来たそうだが、なんの用だったんだ」

東吾が単刀直入に訊き、おたかがこともなげに答えた。

「体の具合があまり思わしくないので、向島の寮のほうへ移るから、たまには遊びに来てくれっていってました。あとは御殿奉公に上っていたお屋敷の雛祭の話なんぞをして……」

「お蝶が来ている時に、部屋を空けたことはなかったか」

おたかが首をかしげた。

「なかったと思いますが、それが、なにか」

東吾は軽く手を振って、おたかの問いを退けた。

「どうも、手前が留守にしたのが悪うございました。一人であれこれ考えて神経がまいってしまったようで……」

要助がいい、おたかが不満そうに訴えた。

「あたしの思いすごしじゃありません。外に出れば、必ず、誰かが尾《つ》けてくるし、家にいても、どこからかじっとみつめているような感じがするんです」

「お前の気のせいだよ」

「では、あの白酒は、どう考えたらいいのですか」

女房の声がとがって、要助が困った顔をした。

「だから、近江先生がおっしゃったじゃないか。白酒を入れた銚子か、お前の飲んだ盃になにかついていたのではないかと……」

「そんなことで片付けられてはたまりません。何故、ああなったかを、はっきりさせて頂きませんと……」

東吾がおたかを制した。

「しかし、あんたも自分を殺そうとしている相手に、心当りがないのだろう」

「心当りがないから、よけいに怖ろしいのでございます」

「わかった。こうしてお上《かみ》がお調べにのり出したのだ。白酒の件は、やがて判るだろう」

それから、東吾と源三郎は盛林堂の店の奉公人を、一人一人呼んだ。

番頭の半兵衛と手代の録之助はどちらも先代からの奉公人で、半兵衛のほうは近所に女房子と住んでいる。他に職人が三人ばかり別棟にいるが、これも親代々、盛林堂の仕事をしている者達で、家付娘のおたかにも、主人の要助にも格別、悪い感情を持っている様子はない。

女中は二人、お玉とおきみで、どちらも親許は千住の在で、身許がはっきりしているし、女主人に怨みを持ったところで、毒を盛るほどの度胸はなさそうであった。

どちらかというと、おたかは口やかましい主人ではなく、奉公人への叱り方も穏やかなほうらしい。

「どうも、わかりませんな」

盛林堂を出てから、源三郎がいった。

「あの店の奉公人達は、主人夫婦の悪口もいわないが、どことなくよそよそしい。おたかは家付娘で、奉公人とは馴染が深い間柄の筈なのに、そのおたかが誰かに命をねらわれているといっていることに、奉公人が殆ど無関心のようにみえるのですが……」

それは、東吾も同感であった。

「内儀が、犯人を家の者だと考えているようなのが、奉公人の心証を悪くしているのかも知れないな」

が、そういった場合、必ず、内儀の側につく奉公人がいて、誰それが犯人だなどといいたてるものだが、盛林堂には、そういった人間もいないようであった。

名主の六左衛門に訊いてみても、盛林堂の店の中に、とりたてて問題があるとは思えない。

「なにしろ老舗《しにせ》でございまして、昨年、ひき続いて先代夫婦が歿《みまか》りましたが、番頭と職人がしっかりして居りますから商売に支障のあるわけもなく、養子に来た要助さんにしても、あのような人を逸らさぬところが、町内でも好かれて居ります」

今度の大山詣りにしても、祭の相談事なども、まめに顔を出し、つき合いは極めて良い。

「要助を娘の聟にきめたのは、盛林堂の先代なのか」

東吾の問いに、はじめて名主が苦笑した。

「いえ、あれは、おたかさんが惚れて夫婦になりたいといい出したので、先代は最初、不承知だったようでございます」

要助というのは本石町一丁目にある山形屋という琴三味線などの店の息子で、

「只今は、要助さんの兄さんの寺五郎と申しますのが、あとを継いで居ります」

「おたかの父親が反対した理由はなんだ」

「やはり、商売が違いすぎるということでもございましょう。要助さんは子供の頃から芸事が達者で、店の二階で琴や三味線を近所の娘に教えたりして居りまして、そういうところが、盛林堂のような老舗では気に入らなかったのかも知れませんが、おたかさんの気持が変らなかったので、結局、親が折れたと申しますか……」

一人娘に甘い親が、娘のいいなりになった。

「ですが、要助さんの評判は決して悪くはございません。養子に入ってからは商売にも熱心で、親御さん方も、すっかり安心なすって居りました」

夫婦仲は悪くないが、惜しむらくは子供が出来ない。

「おたかの評判はどうだ」

「おっとりしたお内儀さんで……なにしろ、昨年まで両親が達者で、なにもかも娘の時と同じように暮しておいでなすったんですから……」

父親と母親がたて続けに病死した時は、流石《さすが》に心細そうだったが、

「子が親を見送るのは順序でございます」

という名主の話の中にも、格別、不審はない。

老舗で、大事に育てられた一人娘が、美男の優しい男に惚れて夫婦になった。両親は最初の中《うち》こそ心配したが、案ずるより産むが易しで、なにもかもうまく行っている。

「あの家の中に、白酒に毒を入れて、おたかさんを殺そうとする奴がいるとは思えませんので……」

名主にしても、合点が行かないといった。

六左衛門と別れて、東吾と源三郎が訪ねて行ったのは、近江道仙という医者の家である。

ちょうど、表に駕籠が止っていて、家の中から若い女が道仙らしい男に送られて出て来た。

「それじゃ、お父さん、行って参ります」

と挨拶したところをみると、道仙の娘らしい。あとから母親らしい女が、大きな風呂敷包をお供に持たせている。

若い女が、駕籠に乗った。娘にしては薹《とう》が立ちすぎているが、細い体つきが初々しく、美しい女でもある。

駕籠が遠ざかったところで源三郎が声をかけた。

「今のが、お蝶か」

道仙は源三郎と顔見知りであった。以前、この近所で人殺しがあった時、検屍をしたことがあるという。

「お役目、御苦労様でございます。本日は、なにか……」

盛林堂のおたかのことについて訊ねたいというと、道仙は二人を家の中へ招じ入れた。

「白酒の件でございますか」

あれは、と医者は手をふった。

「お上にお届け申すほどのこともないと存じまして」

「人一人、殺されたかも知れぬのだぞ」

「いえ、滅相もない、死ぬようなことは決してございませんでした」

おたかの症状は、

「たとえば、石見《いわみ》銀山ねずみ取りなどを触った手をうっかり、なめてしまったという程度のものでございます」

白酒を吐き散らし、腹痛を訴え、気分が悪いと大さわぎをしたが、

「医者からみては、そう重いものではございませんでした」

「おたかが、石見銀山ねずみ取りを触った手を、なめたといったのか」

と東吾。

「いえ、そういうことはないとおっしゃいました。ですが、症状はそんなところで、白酒のほうを調べようとしましたが、これはおたかさんが苦しみ出した時にひっくり返してしまって……僅かに残っているのを調べることは調べましたが、これといって毒物が

入っているようでもなく、大方、石見銀山ねずみ取りを入れた毒餌を食べたねずみの糞が、うっかり白酒の銚子の中にでも入っていたのかと……そうとでも考えるより仕方がございませんので……」

道仙が盛林堂で訊いたところによると、二月のなかばに、石見銀山ねずみ取りの薬を買い、団子にしてねずみの出入りする場所にまいたことがあると、女中達がいった。

「餌はきれいに食べてしまっていたと申しますので……」

「その折に買ったねずみ取りの薬の使い残りはなかったのか」

「女中の話では、みんな団子にまぜてしまったそうで……」

ねずみの糞が銚子の中に入っていたのを知らずに、白酒を注いでしまったというのは、いささか、こじつけのような気もするが、

「以前にそういうことがございました。手前が出入りをしていた駿河台のお屋敷で……」

東吾は部屋のすみに、琴がたてかけてあるのを眺めていた。

「先程、出かけた娘が、おたかの幼友達か」

「お蝶でございますか。あれはおたかさんとは琴の稽古仲間でございました」

「琴は誰に習っていた」

「本石町の山形屋さんへ行って居りました。要助さんが手ほどきをしてくれまして……」

「要助は、もてただろう」

道仙が困ったように笑った。

「まあ、男前でございますから」

「お蝶も、ぼうっとしていた一人か」

「うちの娘は、はやばやとお屋敷奉公に上りましたので……」

「どこへ奉公していた」

「番町の三枝玄蕃様でございます。奥方が大層、やかましいお方で……娘は辛抱強いたちでしたが、とうとう体をこわしてしまい、お暇を頂きました」

当分、向島の寮で療養させると、父親はいささか口惜しそうであった。

四

「そんな馬鹿なことがありますかしらん、ねずみの糞が白酒に入っていたなんて……」

東吾の話をきいて、「かわせみ」では、るいをはじめ、お吉にしても納得出来ないといったが、

「医者がいっていたがね、そうとでも考えるより仕方がないそうだよ。あの家で、誰一人、おたかを殺したい人間はいないそうだし、外から来た人間にしたところで、どうせ、石見銀山を白酒に入れるなら、なんで、もっとごっそりと入れないんだ。指をなめた程度に入れたところで、なんの役にも立たないだろう」

「おたかさんを脅かすためとか……」

「脅してどうする、今のところ、おたかには脅迫状も来ていないし、脅かされる心当りもないそうだ」

「それにしたって、なんだか可笑しいですよ」

とはいったものの、るいにも見当がつかない。

「要助さんって旦那はどうなんですか。他にいい女でも出来て、お内儀さんが邪魔になったとか」

とお吉ががんばったが、

「そいつも源さんが調べまくったそうだがね。男前の優男で、町内の女にもてもてだそうだが、女房に内証で女を作ってる様子はねえとさ。なにしろ、内儀さんが亭主にべた惚れで、夫婦になって五年も経つのに、未だに毎晩甘い声を出しているそうだから、あっちこっちに女を作る暇がねえんだ」

「それじゃ、若先生と同じですね」

うっかり、お吉がいって、るいに睨まれた。

源三郎の手配で日本橋界隈の岡っ引が、それとなく盛林堂に注意をしていたが、別段何事もなく、ずるずると日が経った。

その月の終りに、東吾が盛林堂へ行ったのは、兄の使で筆を註文するためであった。

応対に出たのは番頭の半兵衛で、

「御厄介をおかけ申しましたが、おかげさまでお内儀さんもすっかり落ちつきまして……」

今日は向島へ、お蝶の見舞に行っているといった。

「お蝶の具合が悪いのか」

「そうではございませんが、何分、寂しがっておいでのようで……御承知かも知れませんが、お蝶さんのおっ母さんは継母でございまして、そういってはなんでございますが、娘さんを向島へやったきりで、あまり見舞にも行かないようで……うちのお内儀さんが気の毒がって居ります」

「旦那は、向島へ行かないのか」

「お内儀さんに頼まれて、琴のお稽古に一、二度、お出かけになったようですが、商売がございますし……」

もはや、遊芸の師匠ではないといいたげな口ぶりであった。

八丁堀の屋敷へ帰って来て、ついでに買って来た巴屋《ともえ》の饅頭で、義姉の香苗と世間話をしながら茶を飲んでいると、用人が入って来た。

「畝源三郎から使が参りまして、至急、向島の近江道仙の寮まで、お越し戴きたいとのことでございます」

玄関へ出てみると、深川の長助が小さくなっている。

「なにがあったんだ」

今日、盛林堂のおたかが向島のお蝶の許へ行っていることを、東吾は思い出した。

「筆屋の女房が殺されたのか」

「いえ、殺されましたのは、お蝶で……」

永代橋へ向って小走りに走りながら、長助が喋った。

「部屋ん中で、頭をなぐられて死んでいたそうで……」

「いつのことだ」

「みつかったのは、つい、午《ひる》すぎだったようです」

深川から本所を抜けて、二人とも足は早いから、向島へ行った時はまだ明るかった。

近江道仙の寮は木母寺《もくぼじ》の近くで、このあたりでは珍しく二階家であった。

それというのも、地所が土手に面して低くなっていて、二階を上げないことには、折角の大川の眺めが見渡せないからでもあった。

寮の前には、長助のところの若い衆が二人立っていて、すぐに東吾は家へ入った。

一階はやや暗い。

上りかまちを入って、すぐの左手に二階へ上る階段があり、左右に部屋が一つずつ、左側は女中部屋で、その奥に台所や風呂場がある。

「東吾さん」

奥から、源三郎が呼んだ。

その部屋は大川の土手へむいていた。土手のほうからのぞかれるのを嫌ったのか、窓が一つ、やや大きく開いているだけの六畳間で、真ん中に毛氈《もうせん》が敷いてあり、そこに琴がおいてある。

お蝶の死体は、琴の前に俯《うつぶ》せになっていた。傍に父親の道仙と検屍をすませたらしい医者がもう一人いた。

「東吾さんにみてもらってから、移そうと思いまして……」

お蝶は洗い髪であった。首の後《うしろ》の部分が血だらけになっていて、そこに長い髪の毛がへばりついている。

「首の後が、かなり陥没しているそうです。なにか、鈍器のようなものでなぐられたのではないかと、医者は申しています」

その一撃が致命傷であった。

血は毛氈の上一杯に広がっている。

お蝶の表情はすさまじかった。まるで信じられないものをみたように、恐怖で歪んでいる。

死体を片づけるようにいってから、東吾は源三郎に訊いた。

「死体を見つけたのは誰なんだ」

「おたかと、ここの女中のお杉です」

その二人は台所に近い座敷にいた。どちらも放心状態である。

「死体を見つけたときのことを話してくれないか」

東吾が声をかけると、おたかはいくらか赤味のさした顔で、たどたどしく喋り出した。

「あたしは二階にいたんです。今日は二階が畳替えをしていて……お蝶さんがみていてくれというので……それに二階からは大川の景色がよくみえて、日当りはいいし、気持がよくて……」

職人は昼食をすませて、午後の仕事にかかったばかりであった。

「お琴の音が聞えないのに気がついて、下りて来たんです。お杉さんが台所にいて、職人さんのおやつをなににするか、まだ、お蝶さんに聞いていないっていうから、一緒にあの部屋へ行ったんです。入口を開けたら、お蝶さんがお琴の前に倒れていて、あたし、夢中で、お杉さんに誰か呼んでって……」

お杉がうなずいた。

「お蝶さんが死んでるっていわれたもんで、もう、たまげて……庭へ行って職人さんを呼んで来ました」

足がすくんで、思うように走れなかったと青ざめた顔でいう。

「おたかは、午前中からここの家にいたのか」

「そうです。今日は二階を畳替えするって聞いてましたし、なにか手伝うことがあるかも知れないと思って……」

「生きているお蝶をみた最後は……」

「お午を下で一緒に食べました。お蝶さんは埃《ほこり》の中にいると気分が悪くなるからって、二階には上らず、下の部屋でお琴の稽古をはじめたんです。あたしは二階にいて……」

下りて来て変り果てたお蝶をみたのは、それから一刻《いっとき》近く経ってからだといった。

「おたかが二階へ上ってから、下にいたのは誰だ」

お杉がいった。

「わたしは台所で洗い物をしていました。庭には職人さんが仕事をしていて……」

畳表を替えたのを、二階へ運んだり、別のを下して来て、庭で畳表を取り替えたりしていたという。

「おたかは、ずっと二階にいたんだな」

お杉がうなずいた。

「あたしは台所にいましたから……」

階段を下りてくれば、台所から見える。

職人は庭にいた。

かなり年配の畳職人で一人である。

「二階だけですから、あっし一人で充分なんで……」

広い庭の片すみを仕事場にしていた。

お蝶が殺された部屋とは反対側になる。

「お蝶が殺された時に声を立てたと思うのだが、叫び声のようなものを聞いていないか」

老職人は頭へ手をやった。

「なんにも聞いたおぼえがありません」

お杉のほうも同様であった。

「畳屋さんが畳表を叩く音は聞えましたけれども……」

それから東吾は二階へ上って行った。

南向きの部屋はすでに畳替えが半分済んでいる。何事もなければ、とっくに仕事が終っている筈であった。

その部屋と廊下をはさんで、もう一部屋、四畳半があって、そこから大川へむかって物干台のように突き出したところは、

「向島の桜が咲きますと、ここでお花見を致します。秋の月見、夏の涼みにも都合がよくて……」

と上って来た道仙が説明した。

成程、物干台のような板敷だが、植木鉢や盆石などをおき、片すみには玉石を並べた中に、小ぶりの石灯籠がある。また、四方の柱には太い棟木を渡して、そこに掛けるらしい鉄の灯籠が下においてあった。更には、板敷の一部に土を盛って、そこに青竹を挿し込み、あたかも竹の林でもあるが如くにこしらえてある。

「もともとは、手前が俳諧仲間と下手な腰折れを作るために建てた家でもございまして……」

風流のための別荘が、病身の娘の療養の家になり、そこで惨劇が起きた。

階下におりようとして、東吾は二階の窓から、要助がこの家へむかってくるのを認めた。

足早やに階段を下りる。

要助は入口で足を止めた。長助が声をかけようとしている。

東吾が長助を制した。

「なにか、ございましたんで……」

おそるおそる訊いた要助は、三味線箱を抱えていた。

「お前は、なにしに来たんだ」

東吾が前に出た。

「お蝶さんに、三味線をたのまれていまして、兄の店へ寄って届けに参ったので……」

「お前の女房も、来ていたぞ」

「はい、それは承知して居りますが……」

不安そうに家の中をみた。

「あの、なにか……」

「殺されたんだ、気の毒に……首の後をなぐられて……」

「お蝶さんが……いつでございます」

東吾は要助の肩を押すようにして、家から遠ざけた。

外はもう夕暮の気配が濃い。

「お前、どうして殺されたのがお蝶だとわかった」

低く、東吾がいった。

「俺は殺されたといったが、誰がとはいっていない……」

要助があえいだ。

「本来なら、お前の女房は一度、殺されかけているんだ、おたかが殺されたと思うのが当り前じゃないのか」

「お蝶さんが殺された時、おたかは、この家に居りましたので……」

「いたよ」

東吾がぐいと要助を睨んだ。普段の東吾からは想像も出来ないような、きびしい眼差しである。

「おたかが、お蝶を殺したんだ」

わあっと悲鳴のような叫びを、要助が上げた。

「手前が悪かったのでございます。お蝶さんのことを……おたかに打ちあけたのが、間違いでございました」

ずるずると地べたにすわり込んでしまった要助をみてから、東吾が源三郎にいった。

「二階の、あの風流な板敷の中に青竹が何本かあったろう。あの中になかをくりぬいたのが一本ある筈だ。根元には血がついているかも知れない。大方、竹の中に縄もかくしてあるんだろう」

長助を呼んだ。

「お杉に念を押してみろ。お蝶が死んでいるのをみつけたのはおたかだが、その時にお杉は、部屋の中へ入ったか、おそらく部屋をのぞきもしないで、職人を呼びに行ったに違いない」

ふりむいて道のほうから、二階家を眺めた。

「みてみろ、あの風流な板敷の真下が、お蝶の殺された部屋なんだ」

二階の板敷に出れば、庭はよくみえる。

「畳屋が大きな音を立てて、畳表を叩いている時、青竹の筒に石灯籠の下の玉石を詰め、入口を布でふさいだ奴に縄をつけて、ぶら下げる。上からお蝶を呼んで、お蝶が窓から顔を出して上を向いた所へ勢いよく、石のつまった青竹をふり下す」

加速がかかっているから、お蝶は首をひっこめようとして間に合わず、首の後の急所をしたたかに打たれて死んだ。

「おそらく、声も立てなかっただろう」

「しかし、そうなると、お蝶の死体は窓のそばにあった筈ですが……」

源三郎がいいかけて、ああとうなずいた。

「おたかが毛氈ごと、ひっぱったんですか」

「その通りだろう。おたかは最初、毛氈を窓に近づけて敷き、そこへ琴をおいて、お蝶に稽古させていたんだ。場所を変えたのは、女中が職人を呼びに行っている間さ」

源三郎と長助が走って行き、要助は土にうずくまったまま、泣きじゃくった。

「おたかは両親が歿ってから、急に疑い深くなりまして……手前が今でもお蝶さんを好いている、手前とお蝶さんがおたかを殺して夫婦になるつもりだ、と思い込んで……たしかに手前はおたかと夫婦になる以前、お蝶さんと惚れ合って居りました……ですが、おたかに惚れられて……まわりも盛林堂へ養子に行くように申しましたので……」

東吾が二階家を見上げたまま、いった。

「お蝶をおたかに乗りかえたのは、まだいい。何故、最後まで女房に寄り添ってやらなかったのか」

要助が顔中を口にしてわめいた。

「手前は、おたかを裏切っては居りません。ただの一度もお蝶さんとは……」

「おたかは、お前の心が離れたのを知っていたんだ」

「あの女は冷たい人間でございます。奉公人も申して居ります。叱られたこともないが、親切にしてもらったこともない。大旦那や大内儀さんがいい人だったから、おたかの性格が気にならなかったけれども、だんだん、働く気がなくなって来たと……」

二階の板敷から源三郎が一本の青竹をこっちへむけて振っている。

長助がこっちへ走ってきた。

「若先生……お杉が申しました。なにもかも、若先生のおっしゃった通りで……」

東吾は視線を空にむけた。

一人娘で愛されて育った筆屋の女房は、自分自身を愛することに夢中で、気がついたら一人ぼっちになっていた。その寂しさに白酒で一さわぎしてみたものの、誰も親身になって案じてくれる人もいなかった。人はそういう時に殺人を決心するものか。空にはまだ星も出ていない。

夜鴉《よがらす》おきん

一

目が覚めた時、障子のむこうが、ほんのりと白くなっていた。

鴉がしきりに啼《な》いている。

めざめたのは、鴉の声のせいかも知れないと東吾は思った。

少し、体を動かして隣をみると、るいは行儀よく箱枕を耳の下にあてがってねむっている。

夫婦同様になって何年経ったのかと、東吾は暁闇の夜具の中で指を折った。

だが、こうして近くに眺めるるいは、そのむかし、幼い日に向島へ花見に出かけた帰り道、舟の中で東吾によりかかってねむってしまった頃とあまり変っていないような気がする。

あの時は、兄もいたし、乳母や奉公人がうち揃っての舟遊びであった、と東吾は思い出す。

　神林家には兄弟の父が健在であったし、るいの家も父親が働き盛りであった。

　そして、俺はあの時分から、るいが好きだったのだと思い、東吾はるいを抱き寄せたい衝動をおさえて再び目を閉じた。

　鴉の声が、いつの間にか雀の囀《さえず》りに変っている。

　二度目に東吾が起されたのは、畝源三郎の声のためであった。

「驚きましたな、東吾さんは、まだ寝ているのですか。そんな按配じゃ、到底、たよりに出来ませんな」

　東吾は素早く布団を脱け出して着替えた。

　るいが枕許の乱れ箱に用意してあったのは、昨日、狸穴から埃くさくなって帰って来た時の袷《あわせ》ではなくて、藍染めのさわやかな薩摩絣《さつまがすり》である。

　廊下へ出て行くと、るいが洗面の用意をしている。

「畝様は、お帳場で嘉助とお話をしていらっしゃいます」

「あいつ、女房が体を悪くして御蔵前の実家へ帰っていやがるもんで、気が荒っぽくなってやがるんだ」

　畝源三郎の妻のお千絵が二度目の妊娠でつわりがひどく、御蔵前の江原屋へ帰っているというのは、昨夜、寝物語に、るいから聞いたばかりであった。

「そんな大きな声を出さないで……畝様は、それは御心配になっていらっしゃるのですから……」

年上女房にたしなめられている所へ、お吉が来た。

「畝様は、朝の御膳も、まだだとおっしゃいますので、若先生のと御一緒にこちらへお運びいたします」

東吾が笑った。

「なにかと思えば、あいつ、朝飯食いに寄ったのか」

お吉がかぶりを振った。

「いいえ、若先生、昨夜、その先の新川の伏見屋さんへ盗っ人が入ったので……」

「新川の伏見屋だと……」

酒問屋の多い新川でも、屈指の大店《おおだな》であった。

「いつのことだ……」

それにはるいが答えた。

「今しがた、番頭さんがお見舞に行って来ての話では、夜明け近くのようですけれど……」

廊下のむこうに、畝源三郎の足音がした。

「朝っぱらから、おさわがせするようですが、新川に賊が入りまして、小僧が一人、斬られて死にました。奉行所からも、こっちに何人か出ていますので、そんな所へ東吾さんがのこのこと朝帰りされては、神林様の手前なにかと具合が悪かろうと存じて、ちょっとお知らせに寄りました」

「兄上が、まさか、伏見屋へお調べに来ているわけではあるまい」

「それはそうですが、伏見屋は神林家のお出入りだそうで、先程、御用人が見舞にみえていました」

　そこへ、お吉が膳を運んで来た。

「かわいそうに……千両近いお金を奪って行ったんなら、小僧さんなんぞ殺すことはなかったのに……」

「千両も盗《と》られたのか」

「今年の新酒の売り上げが一段落して、代金がまとまったところだったそうです」

「運が悪かったな」

　男が二人、向い合って熱い味噌汁をすする。

「金は蔵に入っていたのだろうが……」

「伏見屋清兵衛が物音に気づいて起き上ったところへ、賊が入って来て、鼻っ先に抜き身を突きつけて鍵を出せといったそうです」

　逃げる暇もなかった。

「殺されたのは、小僧一人か」

「そうです。十七になる和吉というのが、店先で背中から突き殺されていたのです

「おそらくは、物音に気がついて起きて来て、賊の侵入に驚いて逃げるところを殺《や》られたのか……」

「背中から……」

「大戸は閉っていたのだろうが……」

「番頭は昨夜、間違いなく桟《さん》を下したというのです」

「賊は大戸から入ったのか」

「そのようです」

番頭が桟を下し忘れたのでなければ、

「賊は大戸を叩いて……小僧が、なにか勘違いをして開けたということも考えられます」

近所が火事だとでもいえば、うっかり戸を開けるかも知れないが、

「店と奉公人の住いとは、少しはなれて居りますので……」

誰も、そんな声を聞いた者はないらしい。

時刻は、ちょうど夜明け前。

「賊が去ってから気がついてみると、しらしらとあけて来たと申して居ります」

鴉の啼き声を東吾は思い出していた。

夜鴉の声でめざめた時分に、伏見屋に賊が入っていたのかも知れない。

腹ごしらえをすませて、東吾はもう一度、着替えをし、源三郎と一緒に伏見屋をのぞいてから、なに食わぬ顔で八丁堀の屋敷へ帰った。

端午の節句が終ったところで、兄嫁の香苗が武者人形を片づける仕度をしている。

「東吾様が狸穴からお戻りになるまでは、そのまま飾っておけと、旦那様がおっしゃいましたので……」

いつもなら月のはじめに十日ばかり出張する狸穴の稽古日が、方月館の屋根の葺《ふ》き直しのために、五日ばかり繰り上ってしまった。

「昨夜は、もし、東吾様がお帰りになったら、御一緒にお祝膳を囲もうと、心待ちしていらしたのですよ」

香苗の言葉に、東吾は少々、良心が痛んだ。

昨夜は狸穴からまっすぐ大川端へ着いて、そのまま、るいの部屋に泊っている。

武者人形をしまう手伝いをして一日が暮れた。

その夜、通之進が奉行所から戻ってくるのが遅かった。

このところ、江戸は盗賊の跳梁《ちょうりょう》が目立つ。

「御奉行より、定廻り、臨時廻りに対して格別のお言葉があった」

盗賊の詮議、逮捕に総力をあげてかかれというようなものである。

「源さん達だって、遊んでいるわけではありませんがね」

「昨夜は八丁堀のお膝許というべき新川の伏見屋が襲われて居る。度重なれば、お上の御威勢にもかかわる大事だ」
「それは、仰せの通りです」
通之進が懐中から書きつけを取り出した。
昨年から今年にかけて、盗賊に入られた商家が書きならべてあるのだが、ところどころに通之進が入れたらしい、朱筆の痕《あと》がある。
日本橋室町一丁目　木綿問屋　嶋屋
品川　　　　　　　廻船問屋　久磨屋辰五郎
尾張町　　　　　　茶問屋　　瑶池堂六兵衛
四谷三丁目　　　　材木問屋　平田屋源七
堺町　　　　　　　京菓子屋　亀屋新兵衛
金杉橋　　　　　　料理屋　　松ヶ枝
「不思議なことに気づいたのだが」
通之進が弟の顔をみた。
「それらの、盗賊に入られた家々には、二つばかり同じことがあった」
一つは盗まれた金が他とくらべて莫大であることで、
「昨夜の伏見屋がそうであったが、何故か、店に金のある日に押し入って居る」
たまたま、いくつかの支払いを翌日にひかえていて蔵にまとまった金があったとか、集金日であったとか、貸付けていた金が戻ったとか、理由はさまざまだが、共通するのは、偶然、その日、店に大金があることを、まるで知っていたように盗賊に入られている。

「今一つは、必ず、小僧か手代が一人だけ斬殺されていることじゃ」

「そう申せば、伏見屋も小僧が斬られましたそうで……」

兄の示した書きつけでは、日本橋の木綿問屋では万吉という小僧が、品川の廻船問屋では五平という若い者が、瑶池堂では手代の正助、亀屋は小僧の松之助、金杉橋では下働きの市三。

どれも年少で、店での地位も低い。

「可笑《おか》しいとは思わぬか」

年が若ければ、ねむい盛りで少々の物音があっても目をさまさないものだと通之進はいった。

「店に盗賊が入った、或いは不審な物音をききつけて、みに出て行くのは、主人か番頭などのように、店の大事を気づかう者で、下働きや小僧は、少々、可笑しいと思ってもそれを確かめに出て行くことはまず稀《まれ》と考えてよいのではないか」

いってみれば、店で責任のある立場の者が出て行って殺されるのではなくて、まだ責任を感じない下の者が起きて行っては凶刃《きょうじん》に倒れている。

「兄上のいわれる通りです。たしかに、これは可笑しい……」

「そのあたりを、源三郎の手伝い旁《かたがた》、調べてみてはくれぬか。なにかの手がかりになるやも知れぬ」

「承知しました」

屋敷をとび出して、同じ組屋敷の中にある畝源三郎宅を訪ねた。

源三郎は帰ったばかりであった。

「江原屋へ寄って来ましたので……」

お千絵はやや落着いていたが、相変らず食が細く無理に食べれば吐いてしまうといった。

「るいに聞いたのだが、お千絵どのは身重の体なのだそうだな」

てっきり、健康を害して実家へ行っているとばかり東吾は思っていた。

「最初は、手前も子供が出来たとは知らなかったのです」

一度、恵まれる筈の子を失っている夫婦であった。

「先月になって、そうではないかといい出し、医者にみせましたところ、間違いないと」

源三郎の口ぶりは、本来嬉しい話を告げているのに、喜んでいない。

「大丈夫なのか」

最初の子を失ってから、とかく病みがちのお千絵であった。

「組屋敷では、なにかと気を遣うことが多いので、なるべく、実家でのんびりするようにさせていますが、この春になって随分と痩せました。あのような体で、果して子が産めるのか心配でなりませんが……」

町廻りの多忙な毎日の中で、二日に一度は、顔をみに行っているが、と源三郎は不安をかくそうとしなかった。

「そいつは、さぞ心がかりだろうな」

天野宗太郎にでも訊《き》いてみてやると東吾はいった。

「医者に訊いてみないことには、何事も埒《らち》があかないだろうが……」

「天野さんは、お産の医者ではないでしょう」

「しかし、俺達よりはわかっているだろう。いい医者を教えてくれるかも知れない」

「それはそうです」

東吾が持って来た酒を冷やで飲みながら、それでも源三郎は気をとり直したように、東吾から通之進の話を聞いた。

「成程、神林様のおっしゃるのも一理ありますな」

「この際だ。無駄足を承知で、一軒一軒当ってみよう」

「明日、お迎えに上りますよ」

話が決って、東吾が外へ出ると、月が中天にかかっていた。

二

早朝から深夜まで、東吾と源三郎は江戸の町を走り廻った。

が、二日かかって調べ上げたところでは、新しい収穫はなにもない。

日本橋の嶋屋では、昨年から真岡《もおか》木綿が大変な人気で、上等のものは一反が二分だの一両だのという値で飛ぶように売れた。

その売り上げが店に集ったところを、まるで待っていたように押し込まれて八百五十両、盗まれたもので、おまけに店の二階で寝ていた筈の万吉というのが、店の戸口で斬殺されていた。

品川の廻船問屋は仲間へ用立てていた五百両が戻ったその夜に盗賊が入って、店の使い走りをしていた五平という、名前は爺《じじ》むさいが十九になったばかりのが、突き殺された上に店のすぐ前の掘割へ投げ込まれていたというように、どれも、通之進が示した書きつけ以上のことは出て来ない。

ただ、それらに共通しているのは、盗賊の数が常に五、六人であること、面を黒い布で包み、殆ど口をきかないという点ぐらいのものであった。

「同じ盗賊と考えてよいでしょうな」

「少くとも、ここに書かれている店を襲ったのは、同じ奴だろう」

襲う場所は点々としていた。手がかりになるようなものは何一つ、残っていない。

そして、東吾と源三郎が探索にかけ廻っていた二日目の夜、賊は日本橋十軒店《じっけんだな》の人形所、京屋春月の店へ押し入った。

京屋では、端午の節句の武者人形などの売り上げから、人形師へ支払う分として三百両を主人、春月が手文庫に入れて鍵を掛け、居間の違い棚の上においたのを、侵入した賊は、まるで最初から知っていたように、探しもせず奪って去ったというもので、店の土間には手代の伊之助が血まみれになって死んでいた。

　東吾と源三郎が、知らせを受けてかけつけたのは、四辺《あたり》がすっかり朝になってからで、伊之助の死体は検屍をすませて、奥へ運ばれていた。

「背中から、左の乳の上まで、もの凄い突き傷でございます」

　検屍の医者がいい、源三郎と東吾は顔を見合せた。

　今まで調べて来た数軒でも、殺されていた小僧や若い衆は大方、背後からの突きであった。

　してみると、十軒店の京屋を襲ったのも同じ一味ということになる。

「殺された伊之助だが……」

　まだ人心地のつかないような主人の春月に東吾が訊ねた。

「身許は確かなのか」

「手前の死んだ家内の甥《おい》に当ります」

　親は伊勢の古市の近くで宮大工をしているといった。

「どうせ働くなら江戸が良いと申しまして、五年ほど前に手前共へ参りました」

　年は二十一、死体でみたところ、優男のほうである。

「行く末、女房になるような女は決っていないのか」

「別にございません」

「女遊びとか、手慰みは……」

「江戸へ出て来た当座は、まだ手前の家内が元気で居りまして、きびしく申して夜遊びにも出しませんでしたが、昨年の夏に家内が歿りましてからは、時折、吉原などへも参っているようで……まあ、若い男のことでございますから、手前は大目にみて居ります」

手慰みのほうはやっていないだろうといった。

「まだ給金も少うございますし、とてもそこまでは金が廻りますまい」

「悪い仲間とつき合っているようなことはないのか」

「気の弱い男でございますから、とても……」

たまさかの女郎買いがせいぜいのところだったと春月はいう。

昨夜の様子を訊いてみると、春月は家にいなかった。

つい近くに、妾宅《しょうたく》がある。

もと吉原にいた女でお咲というのを身請けして、一軒持たせているのであった。

「出かけたのは、かなり更けてからでございます。店のほうには番頭も居りますし、伊之助も留守をして居りましたから……」

夜明け前に、店から小僧が泣きながら知らせに来て、とんで帰った時には、近所の者や岡っ引までかけつけていて、大さわぎになっていた。

「面目次第もございません」

一人息子は京へ人形師の修業に出しているという。

室町へ出て、蕎麦屋へ入り、東吾と源三郎は腹ごしらえをした。

今朝から、なにも胃に入っていない。

「東吾さんは、伊之助を疑っているのですか」

蕎麦をすすり上げながら、源三郎が訊いた。

「特に伊之助というわけじゃないが、どう考えても、賊の手引きをする者が店の中にいる筈だと思うんだ」

京屋だけではなく、木綿問屋も廻船問屋も茶問屋も。

「どこも、賊に入られた夜に、たまたま、店に大金があった。おまけに押し入ったところは店の通用口ときまっている。それも、戸を破るでもなく、内側から桟なり、かけ金なりをはずしてもらって、さあお入り下さいといわんばかりだ」

「それは、手前も考えたのですが、賊の一味が、そう何軒もの店に住み込んでいるというのは不自然です」

二日間、足を棒にして調べた結果では、どの店にも身許のはっきりしない奉公人は居らず、盗っ人の一味になりそうな者も見当らなかった。

「俺が考えているのは、殺された者のことなんだ」

何故、一人だけ殺されなければならなかったのかと東吾はいった。

「たまたま、物音を聞いて出て行って殺されたのかも知れない。欺されて大戸を開けてしまった上で、突きさされたとも考えられる。しかし、賊は主人に蔵の鍵を開けさせたりしていても、その主人は殺害していないのだ」

やみくもに人殺しをするわけでもない賊が、何故、一軒で一人ずつ、小僧や手代を殺害しているのだろうかと、東吾がいった。

「つまり、殺された者が、盗賊の仲間だったということですか」

と源三郎。

「仲間なら殺すことはない。一緒に逃げてもよし、なに食わぬ顔で、そのまま働いていることも出来る」

「では、なんです」

殺された小僧や手代も、身許は全部、確かであった。店での評判も悪くはなかった。第一、殆どが十五、六から二十一、二までの年齢である。

そんな若者に、かくされた過去があったとしたら、すぐにばれてしまうだろう。

「俺にもわからないんだ。ただ、殺された者と、盗賊との間に、なにかつながるものがあるのではないかと考えているだけで……」

東吾が手を鳴らして蕎麦湯を頼んだ。

二人が蕎麦を食べるために上り込んだ小座敷はいくつかに衝立《ついたて》をおいて区切っている。入って来た時は、かなり客がたて混んでいたが、それも汐《しお》が引くように出て行って、店は閑散となっていた。

小僧が蕎麦湯を運んで来る。

板場から職人がとび出して来た。

「馬鹿野郎、そんなぬるい奴、持って行ってどうする。蕎麦湯なんてもんは熱いのが身上だ」

東吾と源三郎に頭を下げた。

「あいすいません。只今、熱いのと取り替えさせますんで……」

湯桶《ゆとう》をもって板場へ戻って行った小僧をふりむいて、もう一度、どなった。

「全く、ことわりなしに抜けまいりになんぞ出かけやがって……いい加減にしゃっきりして働けってんだ」

「あの小僧、抜けまいりに行っていたのか」

源三郎が訊いた。

「道理で、このところ顔をみなかったが」

東吾へいった。

「抜けまいりが、又、はやっているようです。昨年あたりから、ぽつぽつ、噂をきいていたのですが……」

抜けまいりとは、伊勢参宮のことであった。

それも、誰にことわりもなく、旅仕度一つしないで、ふらりととび出すのだが、道中は抜けまいりと書いた柄杓《ひしやく》を背にしょっていれば、講中の人々が面倒をみてくれるし、まともな伊勢参宮の一行にまぎれ込ませてもらえることもある。

軒端《のきば》で雨露をしのぎ、行く先々で食い物をもらって飢えをしのぐ場合もあるから、悪くすると乞食同様の旅になりかねない。だが、ともあれ、伊勢神宮に参拝して神札を授かって帰ってくると、雇主は何十日、店を留守にされても、信心のためということで、その奉公人をくびにも出来ず、そのまま働かせるという不文律がいつの間にか通用していた。

その抜けまいりが、この節流行しているという。

「お前、一人で出かけたのか」

熱い蕎麦湯を運んで来た小僧に東吾が訊ねた。

「いえ、仲間から誘われて……」

「仲間というのは……」

それには、板場へ戻りかけていた職人が答えた。

「信州から一緒に出て来た仲間だそうで、みんな、あっちこっちの蕎麦屋で働いているんですよ」

蕎麦屋の奉公人は、信州の者が多かった。

その村から江戸へ働きに出ている者を頼って、毎年、頬の赤い、若者が故郷を旅立って来る。

この店の小僧もその一人らしい。

「お前と一緒に抜けまいりに行ったのは、どこの蕎麦屋に奉公している奴だ」

小僧は板場を気にしながら答えた。

「一人は麹町の丼屋に奉公している寅吉で、もう一人は、深川の長寿庵の吾一で……」

東吾が笑い出した。

「源さん、長助親分の店の小僧まで抜けまいりに出かけやがったそうだ。親分、さぞかし、かんかんだろうな」

源三郎も苦笑した。

「そういえば、小僧が一人、抜けまいりに出かけたらしいと話していたことがありましたよ」

出かけるほうは、あらかじめ仲間としめし合せて、店をとび出すのだが、不意に小僧のいなくなった店のほうはたまったものではなく、ひょっとして在所へ帰ったのか、それとも、出先でなにかあったのか気をもむ。暫《しばら》くの間は心配のしつづけで、その中《うち》お伊勢まいりの講中のほうから、お前さんの店のなんのなにがしは抜けまいりに出かけて道中していると知らせが入って来て、安心したり立腹したりということになる。

「帰りに長助のところへ寄ってみるか」

熱い蕎麦湯をふうふう吹きながら東吾がいった時、衝立のむこうから女が立ち上った。

小僧を呼んで勘定を払っている。

うっかりしていたのだが、東吾も源三郎も、その衝立のむこうに今まで客がいたのに気づかなかったほど、女はひっそりと蕎麦を食べていたものか。

縞《しま》の着物に、吉原つなぎの帯を粋に結んで、手には三味線を抱えている。流しの芸人といった風体の女であった。

薄暗い蕎麦屋の中で、白い花が咲いたように、瓜実顔《うりざねがお》の女がきわ立ってみえた。眺めている東吾と視線がぶつかると、軽く会釈をして店を出て行く。

「今の女、よく来る客か」

東吾が小僧に訊き、板場から職人が答えた。

「あれは、夜鴉のおきんという芸人ですよ。浅草の奥山に出ていたようですが、この頃は料理屋なんぞから声がかかって、けっこう稼いでいるようです。聞いたことはありませんが、大層美《い》い声だそうで、誰がつけたのか夜鴉なんてあだ名があるんです」

住いが、長谷川町ということもあって、時折、蕎麦を食べに寄るのだといった。

「いい声の持主にはいい女はいないというが、今のはたいした別嬪《べっぴん》だな」

東吾のほうも勘定を払って店を出た。

三

深川の長寿庵では、長助が小僧の吾一をどなっていた。

「冗談じゃありませんや。抜けまいりなんぞにとび出しやがって一カ月も帰って来なかった上に、今度は故郷《くに》に帰りてえっていい出すんですから……」

東吾と源三郎に愚痴った。

「全く、近頃の若え者は、なにを考えているのか」

吾一という小僧は、土間のすみで小さくなっていた。

「江戸にいても、いいこともなさそうだから信州へ帰るっていうんですがね」

どうも抜けまいりで放浪癖がついたのではないかと長助はいう。

「お前、抜けまいりでは、なにか面白いことでもあったのか」

東吾が訊くと、満更でもない表情である。

「なにが面白かったんだ。いいから話してみろよ」

重い口を漸く開かせてみると、どうも抜けまいりの道中で、こづかいをもらったのに味をしめているようであった。

朝から晩まで蕎麦屋の小僧で働いても、ろくな給金にならないが、旅先で親切にしてくれた人は、団子でも饅頭でも買ってくれた上に、こづかいだといって二分くれたという。

「えらく気前のいい奴がいるんだな。男か女か」

男で、三十五、六、やはり伊勢参宮に行く途中だったという返事であった。

「三十五、六の男が、お前達にいろいろ買ってくれたり、こづかいをくれたというのか」

江戸を出て、すぐに声をかけられて、抜けまいりだというと、なにかと面倒をみてくれた。

箱根を越えるあたりで別々になったが、桑名で又、出会って、伊勢まで同行したという。

「世の中には奇特な奴もいるものだが、どんな奴だった」

話し好きで、道中、よく喋った。吾一達が信州から出て来て蕎麦屋で働いているというと、その奉公先のことを訊き、折があったら蕎麦を食いに行くといったりした。

「三人共、二分ずつ、もらったのか」

四分が一両であった。

みず知らずの小僧にくれてやるにしては、少くない金である。

「俺達なんぞは二分だったが、十軒店の京屋の手代は、古市の女郎屋の借金をたてかえてもらっていました」

東吾の眼が光った。

「十軒店の京屋というと、京屋春月か」

「よく知らないが、雛《ひな》人形や武者人形を売る店だと聞きました」

「手代の名は、伊之助か」

「名前は聞かなかったが古市の女郎に熱くなって、借金が払えないと、とんだことになるといっていました」

「その金を……お前達に親切だった三十五、六の男がたてかえたのか」

「そうです」

「男の名は……」

「徳兵衛さんで……」

「どこに住んでいる」

「知りません。年中、旅をしているような話でした」

「伊勢からの帰りは一緒だったのか」

「いえ、帰りの道中で出会ったのは、清水で、その時は京屋の手代と一緒で、俺達を追い越して行きました」

「江戸へ戻って来てから、その男とあったことは……」

「ありません。蕎麦を食いに来てくれるとはいっていましたが……」

「お前は、いい話をしてくれたよ」

財布から二分出して、東吾は長助に渡した。

「こづかいにやってくれ」

「とんでもねえ。若先生……」

長助に目くばせして、店の外へ出た。

「吾一から目をはなすな。もし、三十五、六の男が吾一を訪ねてきたら、尾《つ》けることだ」

永代橋を渡って八丁堀へ急ぎながら、東吾も源三郎も、わくわくしていた。

「早速、調べてみます。賊の入った店の、殺された小僧や手代が、抜けまいりに出かけたことはないか……」

源三郎は奉行所へ向い、東吾は「かわせみ」で、彼の報告を待つことにした。

るいの部屋で、今までのあらましを話しながら、やがて夜、源三郎が汗をかいてやって来た。

「間違いありません。全員が抜けまいりに出かけていました」

昨年の春から、今年にかけて、木綿問屋の万吉という小僧も、尾張町の瑶池堂の正助も、廻船問屋の若い衆も、新川の酒問屋の小僧も。

「長助のところの小僧は仲間と相談して出かけたようですが、殺された何人かの中には、三十五、六の男に誘われて出かけた者もいる様子です。全部が殺されていますから、くわしいことはわかりませんが……」

抜けまいりにさそい出して親しくなって店の様子を聞き出すか、或いは抜けまいりに出かけた道中で声をかけ、親切にして心やすくなるか。

「抜けまいりというのは、思いつきませんでした」

奉行所は町々の名主に手配をして、昨年から今年、町内で抜けまいりに出かけた者の姓名を書き出して届け出るように命じた。

だが、江戸は広い。

五月なかばの夕暮であった。

神林家へ「かわせみ」の嘉助が訪ねてきた。

女が、

「これを、若先生っておっしゃる方に渡して下さいな」

結び文をおいて去ったという。

「お嬢さんが、すぐお届けしろとおっしゃいますので……」

文を受け取って、東吾は開いた。

あまり上手とはいえない女文字で、

かうじまちのなぬし
やべよへえを、みはってくださいごぞんじより
わかせんせい

と書いてある。

「いったい、どなたで……」

嘉助に訊かれて、東吾は苦笑した。

「多分、あいつだろうと思うが……別に、るいが心配するような女ではない」

「それはもう、別にお嬢さんがやきもちを焼いていらっしゃるわけではございませんが……」

しかし、このところ、東吾の足が大川端から遠ざかっている。

「この一件が片づいたら行くと伝えてくれ」

嘉助を帰して、東吾は畝源三郎を訪ねた。

「麹町十丁目に名主、矢部与兵衛と申すのが居りますが……」

親代々、名主の家で、与兵衛は六十を過ぎた老人だといった。

「まさか、与兵衛が賊の一味とは思えませんが……」

「夜鴉おきんの家は、日本橋長谷川町だったな」

「この文は、おきんからですか」

「そんな気がするのだが……」

その足で長谷川町へ行き、名主に訊いておきんの住所をのぞいてみたのだが、雨戸も入口も閉っていて、人の気配もない。

「いい仕事の口があって、木更津まで行くといって出かけましたが……」

隣の家の女房が教えてくれた。

「とにかく、源さん、矢部与兵衛を張ろう」

途中で腹ごしらえをするつもりが、つい気がせいて麹町十丁目まで来ると、舛屋という蕎麦屋がまだ店を開けている。

室町の蕎麦屋で聞いた名前であった。

店へ入って、種物を註文し、板場にいた老職人に声をかけた。

「この店に寅吉という小僧はいなかったか」

「あいつは、昨日女が迎えに来て、出て行ったきり、帰って来ねえんです」

この辺りではみかけない女が、寅吉を外へ誘い出して話をしていたが、気がついてみると二人共、姿がみえなくなっていたという。

「抜けまいりから帰って来て、やっと腰が落着いたと思ったんですが……」

間違いはなかった。この店に奉公していた寅吉と、長寿庵の吾一と、室町の蕎麦屋にいた小僧と、三人がそろって抜けまいりに行き、徳兵衛と名乗る男からこづかいをもらっている。

「その寅吉をたずねて、三十五、六の男が、この店へ蕎麦を食いに来たことはないか」

東吾の問いに、老職人がうなずいた。

「三日前に、そんなことがありました。抜けまいりで知り合ったとかで……蕎麦を食って、随分、寅吉と話し込んで帰りましたが」

それも、寅吉の失踪とかかわり合いがあるのかと眉をしかめている。

ちょうどその時、入口を鳶《とび》の頭《かしら》といった様子の男が入ってきた。

板場のところで、この店の主人と話しているのを聞くともなしに聞くと、祭の相談であった。

来月十五日、天下祭と呼ばれる山王権現の祭礼に、麴町から祭行列に出る屋台の準備は、もうとっくに始まっている筈であった。

「源さん……」

心にひらめくものがあって、東吾は声をひそめた。

「今年、麹町界隈は年番に当っているのではないか」

年番に当った町内には、特に大奥あたりから屋台の出しものについて註文が出る。

例えば、踊り屋台で芝居の演《だ》し物をやるようにとか、春日竜神の舞をみせろといったふうに、お上から御内意があらかじめ、町奉行を通じてその町内に申しつけられる。

これを、御雇祭と称して、お上のほうからそれにかかる費用を町内に下附されるならわしであった。

源三郎の返事は打てば響くものであった。

「左様です。麹町一丁目から十三丁目まで、御雇祭の内示がありました」

「御下附される金は……」

「屋台一台につき八十両、およそ三百二十両ばかりが、昨日、奉行より名主に渡されて居ります」

つまり、矢部与兵衛の家には、三百二十両の祭の金がおいてあることになる。

「そいつだ」

腹ごしらえも早々に、二人は矢部与兵衛方へ向った。

賊のねらいは、おそらく三百二十両に違いない。

「蕎麦屋で、小僧の寅吉から聞き出して行ったものだろうが……」

合点が行かないのは、寅吉は名主の家の奉公人ではないことだ。

「押し込みに来て、戸を開けるのは誰なのでしょう」

もう一人、盗賊仲間が手なずけた奉公人が名主の家にいるのかと思う。

だが、与兵衛を訪ねて、きいてみたが、矢部家の奉公人で抜けまいりはおろか、伊勢参宮に出かけた者は一人もいない。

「奉公人と申しましても、手前共は老夫婦が二人で、下働きの女中と古くからの下男がいるだけでございます」

その二人も、近所の生れで長年奉公していて信用のおける者だという。

「俺達の早とちりか」

東吾が腕を組んだ。

考えてみれば、女と出かけたきり帰って来ない寅吉のことも気がかりだし、

「東吾さんへ文をよこしたのが、もし、夜鴉のおきんだとしたら、あの女は今度の事件とどういうところでつながっているのですか」

わからないことが多すぎた。

といって、このまま、引き揚げる気にもなれない。

三百二十両は、神棚に上げてあった。

「明日、各々の屋台の世話役に分けることになって居ります」

そのことも、町内の大方が知っている。

「なにせ、祭の話は万事、おおっぴらでございますから……」

不安そうに与兵衛がいった時、妻女が取り次いで来た。

「裏口に町役人《ちょうやくにん》の方がおみえでございます。御屋祭の屋台が御内示と少々、変ったとやらで、至急、旦那様と御相談なさりたいとかで……」

まだ宵の口であった。

よもやと思いながら、源三郎が裏口へ出た。

東吾があとに続く。

下男が戸を開けようとしているところであった。声をかける間もなく、いきなり戸は外から、叩き破られた。

黒装束の男が、わあっとなだれ込んで来る。

「源さん、外にいる奴をたのむぞ。こっちはひき受けた」

東吾が抜刀し、源三郎が十手をひき抜いて外へとび出して行く。

屋内に侵入した賊は三人であった。

背の高い男が、いきなり突いて来る。

「人殺しは、お前か」

軽く、左へとんで、東吾の峰打ちが相手の肩にきまる。返す刀で、もう一人の脚を払った。それだけで二人共、動けなくなっている。

残る一人は、戦意を失っていた。

「お前が、徳兵衛って奴か」

東吾が近づくと、男は悲鳴を上げた。

「助けてくれ、命ばかりは……」

外にいた賊は二人で、どちらも源三郎の十手で脳天をなぐられて気絶した。

名主の下男が、近くの番屋へ知らせに行き、数珠《じゅず》つなぎにした賊を岡っ引に曳《ひ》かせて源三郎が奉行所へ戻ってから、東吾は大川端へ帰った。

るい達に捕物話をするつもりだったのだが、驚いたのは、るいの部屋に先客がいたためである。

「お前は、おきんじゃないか」

小ざっぱりした木綿物で、年齢より地味な恰好をしたおきんが東吾をみると、まっさきに訊いた。

「賊は、つかまったのでしょうね」

「当り前だ。五人共、今、奉行所へ曳かれて行った所だ」

「やっぱり……」

部屋のすみに小さくなっていた寅吉へいった。

「お前が、あの男にお喋りをしたからよ」

東吾へは笑顔で告げた。

「この人、蕎麦を食べに来た徳兵衛って男に、天下祭の屋台のお金が三百二十両、名主様の手に渡るって話したっていうんです。だから、あたし、若先生に文を書いて……」

「お前は、どうして寅吉に目をつけたんだ」

室町の蕎麦屋では、小僧三人が抜けまいりに行ったことしか話していない。

「弟から聞いていたんです。抜けまいりにさそわれて……徳兵衛という男が道中、それは親切にしてくれて、いろいろ、奉公している店の内情を訊かれたって……弟は、あたしに旅の話をした翌日、盗賊に殺されました」

尾張町の茶問屋、瑶池堂に奉公していた正助というのが、おきんの弟であった。

「旦那もおかみさんも口やかましい人で、弟は、奉公に嫌気がさしていたんです。そんな時に、たまたま知り合ったのが徳兵衛で……」

昨年の夏、藪入りで奥山へ遊びに行って、むこうから声をかけられた。

「尾張町で一番の茶問屋の奉公人と知って、最初から近づいたのだと思います」

正助が殺されたあと、おきんは弟の怨みをはらしたさに、盗賊に入られた店を次々と調べて、どうやら、抜けまいりと関係がありそうに思っていた。

「室町の蕎麦屋で若先生のお話を耳にして、舛屋の寅吉さんに気をつけていました。だから、徳兵衛が来たのも、寅吉さんが天下祭のお金のことを、うっかり話してしまったことも知ったんです」

「それにしても、俺の住いがここだというのは、どうして知った」

「かわせみ」へ、東吾宛の文を届けに来たおきんであった。

「室町の蕎麦屋で聞いたんです。若先生ってお方は大川端のかわせみっていう宿屋の用心棒だって……」

るいが笑い出し、廊下にひかえていたお吉が口をとがらせた。

「冗談じゃありませんよ、若先生を用心棒だなんて……」

東吾が手をふった。

「似たようなものだ。どこの家でも亭主は用心棒みたいな役だろう」

「あら、こちらさんの御亭主なんですか」

おきんがあけすけにがっかりしたような顔をした。

「こちらさんへうかがってみて、そうじゃないかとも思ったんですが……」

寅吉をつれ出して、「かわせみ」へ逃げ込んだのは、もし、盗賊が名主の家へ押し込んだとしたら、寅吉を殺して行くだろうと見当をつけていたからだといった。

「弟の二の舞は、させたくなかったものですから……」

賊がつかまったのなら、もう心配はいらないといい、寅吉をうながして立ち上った。

「本当に、ありがとうございました。おかげで弟も浮ばれます」

そういった時だけ、僅かに涙ぐんだが、あとはしゃっきりした態度で、「かわせみ」を出て行った。

「驚きましたね。盗賊が抜けまいりに目をつけるなんて……」

東吾の捕物話に、「かわせみ」の連中は改めて目を丸くしたが、考えてみれば、奉公している者にとって、大店ほど仕事はきびしいし、上の者はやかましい。つい、誘われれば、仕事を放り出して、気儘な旅に出たくもなろうし、旅先での親切にはすぐ気易くなって油断もするし、身の上話もしたくなる。

そうした若い奉公人の気持をねらっての企みが案外、成功して、次々と犯行を重ねたものと思われた。

「それにしても、東吾様って、すぐ女の人に好かれるんですのね」

話の終りぎわにるいがつんとして、嘉助とお吉は慌てて、居間から逃げ出して行った。

「やきもちもいい加減にしてくれよ。俺はあいつと会うのは、今日で二度目なんだから」

夜更けまで、るいに弁解をくり返していた東吾だったが、それから三日後、兄の通之進の供をして、日本橋の料亭、浜田屋の前を通りかかると、二階の座敷から、なんともいえない美声で清元の「保名《やすな》」が聞えて来た。

で、道の反対側から、開けはなしてある障子のむこうを見上げると、あでやかに化粧をしたおきんが三味線をかまえている姿が僅かながらのぞけた。

「東吾、なにをして居る」

兄に呼ばれて、東吾は「保名」に心を残しながら走って行った。

江戸《えど》の田植歌《たうえうた》

一

大川端の「かわせみ」の女中頭、お吉にはこのところ、ちょっとした楽しみが出来ていた。

毎朝、大川を下って来る物売り舟の中にお吉の贔屓《ひいき》が一艘《そう》ある。

良吉という若い男が漕いで来るのだが、積んでいる青菜や大根などが他よりも安くて品が良いのと、お吉が頼むと、手作りの味噌や上質の菜種油まで持って来る。

今朝も、

「まあ、お嬢さん。みて下さいまし、この蕪《かぶら》。こんな大きくて、しっかりしているのは良吉さんの舟にしか積んでいないんですよ」

と、わざわざ縁側まで見せに来た。

成程、まだ畑から抜いて間もないらしく、黒土がこびりついているが、如何にも旨《うま》そうな大蕪が五本ずつ藁《わら》しべで結んである。

「お米も、こないだ買ったのがおいしかったから、また、持って来てもらったんです」

お吉が川のほうをふりむき、その視線の先を、「かわせみ」の若い衆が、背の高い百姓風体の男と一緒に米俵を台所のほうに運んで行く。

「あの人が良吉さんですよ。お百姓にしては男前だと思いませんか」

「番頭さんが笑ってましたよ。年甲斐もなく、お吉はすぐ岡惚《おかぼ》れするんだから……」

「冗談じゃありません。岡惚れなんかと違いますよ。真面目で働き者だから……」

「その上、背が高くて、男前なんでしょう」

忍び笑いをしているところへ、米俵を運び終った当人が、お吉をみつけて挨拶に来た。

「いつも、沢山、買って下さってありがとうございます」

丁寧に頭を下げたのに、

「お礼をいうなら、こちらの御主人様においい。今も良吉さんの持って来るものは誠意がこもっているってお話し申していたところだから……」

お吉が、るいをひき合せた。

「こちらの御主人様ですか」

良吉が眩《まぶ》しそうな顔をして、たて続けにお辞儀をし、大きな体を丸めるようにして舟の停めてある堤のほうへ逃げて行く。

「あの人ったら、うちのお嬢さんが、あんまりきれいなもので、まっ赤になっちゃって」

お吉の笑い声が、さわやかな朝の空気に響き渡った。

るいが、良吉をみたのは、それっきりだったが、お吉は毎朝、買い物をするついでに、なにかしら話をするらしくて、

「あの人、独り者かと思ったら、おかみさんがいるんですって……」

と、たいしてがっかりした様子もなく、告げた。

「それも、つい、先だって一緒になったらしいんですけどね、体が弱くて……今、あの人達の住んでいる家はすきま風の入る、ひどいあばら家なんだそうで……なんとか、お金を貯めて、もう少し、まともな家にしたいんだそうです」

「お百姓の女房が、体が弱いんじゃ困りますね」

口を出したのは嘉助で、

「大体、かみさんが病身だと家の中が暗くっていけません」

「仕様がないじゃありませんか。好きで一緒になったんだもの。良吉さんは、よくおかみさんに尽してなさるようだし……」

「若い中《うち》はいいが、だんだん重荷になりますよ」

「女房の丈夫すぎるのも考えもんですよ。三百六十五日、ぶち殺しても死なないような顔してるんじゃ、愛敬がなくて……」

「そいつは、どなたかさんのことじゃないのかね」

「どうも、愛敬がなくてすみません」

また、はじまった、と、るいは笑いながら二人を制した。

嘉助とお吉が馴れ合いで口喧嘩をするのは、「かわせみ」の年中行事のようなものであった。

「いったい、良吉さんというのは、どのあたりから来るの」

るいが訊《き》き、お吉が得意げに答えた。

「千住大橋を、もっと上へあがって行くと、宮城村ってのがあるそうです。川向うに道灌山がみえて、桜の頃はとても眺めがよかったそうですよ」

ということは日暮里から大川を越えた辺りで、

「近くに、西新井の大師堂があるとかいってました」

そんな話をして間もなく、るいは東吾と共に日暮里のほうへ出かけることになった。

るいがまだ町奉行所の同心の娘であった時分、高柳春芳という琴の名手の所へ稽古に通っていた。その同門に西丸御書院番の娘で五井和世というのが年頃も同じで、なにかにつけて仲よくつき合っていた。

五井和世には兵馬という兄があって、これは東吾や源三郎と同じく岡田十松を師とする岡田道場へ通っていた。

その当時の岡田道場は、名剣士といわれた岡田十松が歿《なくな》って、今は練兵館の主になっている斎藤弥九郎が師範代をつとめていた。

その斎藤弥九郎をして、突きの名手といえば、我が子、勧次郎か、五井兵馬かといわれたほどの腕を持ちながら、生来の短気がわざわいして、家督を叔父に奪われ、浪人して、あげくは盗賊の一味となって命を落した。

和世のほうは、神田飯田町で琴や習字の師匠をして暮しを立てていたが、昨年、髪を下し、日暮里の普門寺にある西行庵に入って尼となった。

その和世から、亡き兄の墓を建てたので、その法要をする旨、知らせが来たものである。

東吾は朝の中に「かわせみ」へ来て、るいと共に舟で大川を上った。

舟には、あらかじめ約束してあったことで、畝源三郎と深川の長寿庵の長助も乗り込んでいる。

梅雨の季節なので、天候が危ぶまれたが、幸い、曇ってはいるものの、今日一杯は持ちそうな空模様であった。

「つい、一カ月ばかり前のことですが、千駄木のほうに用事がありまして、そのついでといってはなんですが、西行庵へ寄って和世さんに会って来ました。思ったよりも元気でしたが、尼姿が痛々しくて、なんといっていいか、言葉に窮しました」

舟の中で源三郎がいった。

五井兵馬が腹を切って死んだのは、捕方に追いつめられてであった。

その捕物には東吾も源三郎も、るいもかかわり合っていた。

歳月は経っても、思い出は強烈な儘《まま》に各々の心に残っている。

「そういえば、その千駄木の用事というのですが」

気を変えるように、源三郎が話し出した。

「千駄木坂下町に吉野屋という質屋がありまして、そこの主人が、先月、歿りました」

行儀悪く、舟の中で寝そべっていた東吾が起き上った。

「殺されたのか」

「いや、妾宅で倒れて、本宅へ帰って息をひきとりました。医者のみたてでは、卒中ということです」

「驚いたな。畝の旦那は、この節、卒中で死んだ先にまでお出かけかい」

長助が慌てて手を振った。

「そういうわけじゃございません。吉野屋のかみさんから町役人へ訴えがありまして、妾が亭主を殺したんじゃねえかってんで……」

「卒中なんだろう」

「へえ、ですが、お医者の話ですと、卒中てえのは、最初が肝腎なんだそうで、倒れた時の手当によって、助かる者も助からなくなるんだそうです」

「最初が、いけませんでしたの」

東吾と源三郎のほうへ団扇《うちわ》の風を送っていたるいが訊いた。

川の上は風があるだろうと思ったのが誤算で、じっとりと蒸し暑い。

「お妾さんも驚いたのでしょうな。誰でも自分の上になっていた奴が、突然可笑《おか》しくなれば、仰天するでしょう」

からっとした調子で源三郎がいった。

「場所も悪かったのですよ。妾宅のあった所が梶原村。これから行く普門寺の近くです。行ってみれば、おわかりになりますが、あたりは寺か田んぼばっかりでして、医者を呼びに行くにも容易ではない。第一、お妾さんはどこに医家があるのかすら、知らなかったようです」

「かみさんのほうは、なんだっていうんだ」

と東吾。

「妾が、故意に手遅れにしたと申すわけです。発作がおきたら安静にしなければならないのに、体をゆさぶったり、動かしたりしている。医者を呼ぶかわりに、駕籠《かご》を呼んで本宅へ運ばせたのは、たしかにまずかったとは思いますが……」

「なんで、妾が旦那を殺すんだ。間夫《まぶ》でもいたのか」

「間夫とはいえますまいが、幼なじみはいたようです。旦那に死なれたあと、体を悪くして、そいつにひき取られて行きましたので、女房にしてみれば、亭主に身請けの金を出してもらって自由の身になったあげく、邪魔な旦那を殺して、好きな相手と夫婦になる気だったのではないかと邪推したくもなるでしょう」

「妾のほうに、いくらかの手落ちがあったのは本当ですが、男と共謀して旦那を殺すほどの理由はなさそうで……それに、吉野屋嘉兵衛を運んだ駕籠屋の話でも、最初はどこか医者のところへつれて行ってくれといわれたが、日暮里のあたりに医者はなし、とにかく千駄木へ出てということで乗せて行く中に、吉野屋の旦那だとわかって、それじゃ、本宅へかつぎ込んだほうが、かかりつけの医者もあるだろうと思ったそうですから……」

「邪推なのか」

舟は蔵前を過ぎていた。

間もなく、左に山谷堀がみえる。

「身請けといったが、その妾は吉原《なか》にでもいたのか」

「京町の扇屋だったそうです」

「あそこなら、なかなかのもんだな」

うっかり東吾がいって、るいがつんとした。

「よく御存じでいらっしゃいますこと」

「馬鹿、誰だって扇屋ぐらい知っている」

「あちらこちらに、お馴染がいらっしゃって……」

「冗談いうな。このところ、とんと御無沙汰だ」

「以前は、よくお通いになりましたの」

長助は途方に暮れて、矢鱈《やたら》と煙草をふかし、源三郎は横をむいて可笑しそうな顔をしている。

「源さんが、るいをからかってやろうと、つまらない話を持ち出したんだ。ひっかかる奴があるか」

「ひっかかったのは、東吾さんですよ」

源三郎が笑い出した。

「とにかく、手前が千駄木へ出かけたのは、そういうことがあったからで……男は下手な所では死ねませんな。人さわがせです」

「なにが、とにかくだ。ふざけやがって……」

東吾の怒った顔が可笑しいと、るいまでが笑い出して、舟の中は漸《ようや》く、賑やかになった。

向島を越えた頃から川風も吹きはじめる。

やがて千住大橋であった。

両岸は田畑が続き、のどかな田園風景が広がっている。

「驚いたものだな。こんなところまで、お江戸の中かい」

東吾が呟《つぶや》いた。もともと、千代田城を中心に二里四方が御府内と呼ばれていたものが、年々、町が広がって、新しい家が建つ。

町屋が広がれば、それにつれて町奉行所の管轄地も広がって、この節は千代田城から四里四方、東は砂村、亀戸、木下川、須田村、西は角筈、戸塚、上落合、南は上大崎、南品川、北は千住、尾久村、滝野川、板橋までが御府内となっている。

従って、千住大橋を越えたあたりは、大川のむこう側は代官の支配地だが、日暮里のほうは、町奉行の支配であった。

豊島村の舟着場から上ると、普門寺までは近かった。

るいも東吾も、ここへ来るのは初めてだったが、西行庵と名付けられた庵室は手入れが行き届いて、草深い中にも風雅なたたずまいであった。

五井和世は、寺の門前まで出迎えていた。

墨染めの衣と青々と剃り落した頭が痛々しいようだが、表情は穏やかで悲しみの色はなかった。

「御遠方をようこそ、お出で下さいました。本来ならば、永遠に墓など建てられぬ大罪人の兄、それを、神林様、畝様のお口添えにて、今日、供養の日を迎えることが出来ました。なんとお礼を申してよいやら……」

ともかくも、一服なされませと、庵室へ案内した。

囲炉裏に釜がかかっている。

「ふつつかではございますが……」

薄茶が、和世の手でたてられ、干菓子が出る。

それから墓へ行った。

庵室の北側に、小さな石塔が建っている。

表には南無阿弥陀仏、裏には五井兵馬の戒名が小さく刻《ほ》ってあった。

「兄の供養と共に、兄が手をかけた方々の御供養に、朝夕、経を読み続けて居ります。せめて、兄の罪業消滅の助けにならばと存じまして……」

涙をみせずに和世がいい、東吾を先頭に四人が焼香をした。

再び、庵室に戻って、和世の手作りの筍飯《たけのこめし》のお握りが出る。るいも、用意して来た精進料理の重箱を開いた。

「和世さまは、ずっと、こちらにお一人で……」

普門寺の境内の中だが、庵室のむこうは田と畑であった。

「申しおくれました。私、俗の名を捨て、只今は普門寺の和尚様につけて頂きました和光尼を名乗って居ります。どうぞ、そのようにお呼び下さいまし」

み仏と共にある身と思えば、寂しいことはないと、和光尼はいった。

「昼は、近くのお百姓の子供衆に読み書きを教えて居りますし……

やがて、その子供達が庵室に集ってきた。

それをきっかけに、東吾達はいとまを告げる。

「なんだか、もったいない気が致しますね。あのお若さで、仏さんと二人暮しなどとは」

帰り道に長助がいった。

「あの御器量で……縁談なんぞ、なかったんでございますか」

「嫁にもらっても良いという者がなかったわけじゃないが、和世さんが承知しなかったんだ」

兄が盗賊の一味として、多くの人を殺害していた。

「兄は兄、妹は妹と割り切ることも出来ないだろう」

大川がみえて来た時、源三郎が気がついた。

初老の女が一軒の家の庭に立って、大川のほうを眺めている。

こちらの道からは、低い垣根越しにその女がみえた。

「あれが、吉野屋の女房ですよ」

舟着場へ向いながら、源三郎がささやいた。

「来る時、舟の中で話したでしょう」

夫が妾の上で卒中の発作を起し、本宅へ運ばれて歿った。

「あの家が、その妾宅です」

「妾宅へ本妻が来ているのか」

「今は空き家になっているのです。お妾さんは、とっくにお暇が出て、あの家を追い出されたそうですから……」

舟に乗ってから、東吾がふりむいてみると、吉野屋の女房は、まだ、妾宅の庭に立って川をみつめていた。

「死んだ亭主のことでも思い出しているのかな」

船頭が竿《さお》を突っぱり、舟はゆるやかに大川の流れに寄った。

二

日暮里へ、五井兵馬の供養に出かけた夜から雨になった。

翌日も、その翌日も雨である。

「梅雨ですねえ」

るいの部屋の火鉢の炭を足しながら、お吉が毎晩、味けなさそうな声でいうのは、一つには、東吾が狸穴《まみあな》の方月館へ出かけて当分帰らないことと、雨のために大川の流れが急で、物売り舟が来ないためであった。

五日降り続いて、一日が晴、又、四日ほど降り続いて、漸く上った。

前夜から雨はやんでいたから、その朝の大川は水量こそ増していたが、もう濁流というほどのものではなかった。

物売り舟は、待っていたように川を下ってくる。

お吉は早くから堤に上っていたが、暫《しばら》くすると、拍子抜けのした顔で戻って来た。

「良吉さんの舟が来ないんですよ」

るいの部屋へ来て訴えた。

「いつもなら、とっくに来る時刻なのに……」

「まだ川の流れが早いから……それに、雨続きで、畑のものが良くないのかも」

「そうですかねえ。他の舟は大方、下って来たんですよ」

それでも気になるとみえて、お吉は何回となく堤に上っていたが、午後になっても良吉の舟は来なかった。

深川の長助がやって来たのは、夕刻であった。

「畝の旦那が、今夜あたり、若先生が狸穴からお帰りになるんじゃねえかとおっしゃるんで……」

「いやですよ。親分、若先生をひっぱり出しに来たんですか」

たまたま、帳場に出ていたお吉が、早速、苦情をいった。

「あんまり不粋なことをいわないで下さいよ。若先生が狸穴からお帰りになる晩ぐらいそっとしておいて……」

「誰が、そっとしておけだって……」

暖簾《のれん》のところから東吾の声が聞えて、お吉がとび上った。

「若先生、お帰りなさいまし」

帳場からは嘉助が土間へ出て、自分ですすぎの水をとりに行く。

「やっと雨が上ったな」

土間に大きな包をおいた。

紙にくるんで、筍がほんの少し頭をのぞかせている。

「今朝、方月館の連中と青山の竹林へ行って掘って来たんだ。柔らかくって旨《うま》そうだぞ」

すみにひかえていた長助へいった。

「なんだ、源さんの用は……」

長助が、ぼんのくぼへ手をやった。

「そいつをいうと、お吉さんに叱られますんで……」

「かまわねえから、いっちまったほうがいいぞ。るいの顔をみると出かけにくくなる……」

片目をつぶって東吾が笑い、それに力を得た感じで、長助がいい出した。

「実は、その……御府内に住んでる者じゃァござんせんが、死体のひっかかった所が大川のこっち側でして……」

「誰が殺されたんだ」

「殺されたのかどうか……良吉っていう百姓です」

突っ立っていたお吉が、その一言で肝を潰《つぶ》した。

「良吉さんって、どこの良吉さんです」

「住いは宮城村ってところで……よく、この辺りに物売り舟を漕いで来ていたっていいますが……」

「良吉さん、死んだんですか」

「舟がひっくり返って……土左衛門になったようで……」

「そんな馬鹿な……」

金魚のように口をぱくぱくさせているお吉の代りに東吾が訊いた。

「舟がひっくり返って溺れ死んだかも知れねえ者に、なんで、源さんが出かけたんだ」

「そいつが……良吉って奴ですが、例の吉野屋の死んだ旦那の妾の情夫《いろ》なんで……」

ええっと、お吉が叫んだ時には、東吾は「かわせみ」の外へ出ていた。

「今夜、遅くとも帰って来ると、るいにいっといてくれ」

続いてとび出して来た長助と、豊海橋の袂《たもと》から、長助が待たせておいた猪牙《ちょき》に乗る。

「良吉の死体が上ったのは、いつのことだ」

「今日の昼過ぎで……千住大橋の近くの棒杭《ぼうぐい》にひっかかっているのを、探しに出た連中がみつけたそうです」

「探しに出たということは、それ以前に姿がみえなくなったんだな」

「前の晩から行方知れずだったそうで……乗って出た舟は、ずっと川下のほうにひっくり返って浮んでいたそうです」

それ以上のことは、長助はまだ聞いていないらしい。

「源さんは、殺しだと考えているのか」

「少々、平仄《ひょうそく》が合わねえとおっしゃってでございます」

漕ぎ手が二人交替でぐいぐい漕ぎ上って、長助が舟を着けさせたのは、この前、五井兵馬の法要に行く時に舟から上った豊島村の舟着場と大川をへだてた反対側であった。

すでに日は暮れて、提灯のあかりに足許を照らしながら川沿いの道を行くと一軒の百姓家の前に三、四人の男がかたまっている。

近づいてみると、それは代官所の役人で、その中に畝源三郎の顔があった。

「東吾さん……」

ちょっと嬉しそうな様子で手を上げる。

その百姓家が、良吉の住いであった。

夜のことで細かくはわからないが、ざっとみても、相当のぼろ家のようである。

入口を入ると土間で、その先に板敷の部屋が二坪少々、家具らしいものがなにもないのはまだしも、荒壁と板張りにひどいすきまがあって外の風が吹き込んで来る。

今の季節はまだしも、冬は寒くてたまるまいと思われた。

板敷には布団がのべてあって、その上に良吉の遺体が寝かされている。

その布団の裾《すそ》のほうに、若い女が泣くことも忘れたようにすわり込んでいた。

「みてもいいか」

源三郎にことわって、東吾がざっと良吉の死体をあらためていると、代官所の役人が近づいて、

「医者の検屍では、溺れて死んだと申すことです」

という。

東吾は軽くうなずいて、死体に布団をかけた。

どこから持って来たのか、死体の枕許に線香がおいてあり、蠟燭《ろうそく》が一本、すきま風に炎をゆらめかしていた。

線香に火をつけ、線香立ての灰に挿して、東吾が死体に合掌するのを、代官所の役人達は不思議なものでもみるように眺めている。

「源さん」

合掌を解いて、東吾はのんきな口調でいった。

「俺は、ここのかみさんの昔なじみだから、今夜はここで通夜をする。お調べが終ったのなら、皆さん、おひき取り願ったらどうだ」

東吾の言葉の裏を、源三郎は読んだようであった。

代官所の役人に挨拶をして、自分もこれで帰るといっている。

もともと、座るところもないような家の中であった。

代官所の役人は源三郎の挨拶をきっかけにそそくさと家を出た。

源三郎が東吾に目くばせして一緒に敷居をまたぐ。

あとは、女と東吾の二人きりであった。

「馬鹿な冗談をいってすまなかった」

昔なじみだといったことをあやまった。

「俺は神林東吾、大川端のかわせみという宿の用心棒みたいな者だが……」

女の気持を楽にしようと思っていったことだが、「かわせみ」と聞いたとたんに、女の表情がほぐれた。

「大川端のかわせみの……それで来て下さったのですね」

改めて、手を突いた。

「良吉さんから、よく聞いていました。いつもいろいろと買って下さって、御親切にして頂いていると……」

そうだったのかと、東吾は内心で苦笑した。

良吉が舟で物を売りに川を漕ぎ下っていることは、長助から聞いていた。

そういえば、「かわせみ」でお吉が、あの良吉かと仰天していたのも思い当る。

「あんた、名前は……」

すっかり、心を許したような女に訊いた。

「おけいと申します」

「吉野屋の主人に囲われていたことがあるそうだな」

おけいがうなずいた。

「つい先頃まで、お世話になって居りました」

「吉野屋が死んで、ここへ来たのか」

「はい、どこにも行きどころがなくて……良吉さんとは子供の時分からの知り合いです」

「すると、お前もこの近所で生れたのか」

「はい」

「親はどうした」

「お父つぁんは、あたしが十五の時に病気で死んじまって……おっ母さんは、あたしが吉原《なか》に奉公に出た翌年に、お父つぁんと同じ病気で死にました」

兄弟はないといった。

「前に住んでた家は、とっくに壊されました」

両親は西新井の地主のところの小作人であった。

「それで、良吉を頼ったのか」

「吉野屋の旦那が歿った時、良吉さんが心配して訪ねて来てくれました。それで、あたしが、梶原村の家を追い出されるのを知って、自分のところへ来ないかといってくれて……」

「良吉とは、以前から続けてつき合っていたのか」

「あたしが吉原へ行ってからは、会うこともありませんでした。吉野屋の旦那に身請けをされて、梶原村に住むようになってから、川向うなので、時折、畑のものをわけてもらったりしていました」

「良吉とは、恋仲だったのか」

「そんなことはありません。ただ、旦那が歿って、この家へ身を寄せてから、良吉さんに女房になってくれといわれました」

「承知したんだな」

「他に、頼る人もありません。良吉さんのこと、嫌いではなかったので……」

小さな音がして、源三郎が戻って来た。

代官所の役人の手前、帰るとみせかけて引き返して来たものである。

おけいは、源三郎をみて怯《おび》えた目になった。

「大丈夫だ。このお役人は、俺の友達だから、あんたが心配することはない」

改めて、訊ねた。

「良吉は、なんで出かけたんだ。いったい、いつ……」

「昨日の夕方なんです。吉野屋のおかみさんから使が来て……」

「吉野屋の女房が呼んだのか」

「そうです」

「いったい、なんの用で……」

「多分、梶原村の家を、私たちにくれるという話だと思います」

「なんだと……」

おけいが、奇妙な笑いを浮べた。

「吉野屋のおかみさんは一昨日、あたしを呼んだんです。旦那の幽霊が毎晩、枕許に立って、あたしのことを頼む、頼むというので、気味が悪いから、梶原村の家をあたしにやることにしたって……」

三

良吉の家を出て、東吾と源三郎は長助と共に川を渡って、日暮里から千駄木坂下町の吉野屋へ行った。

吉野屋の女房、お里は仏間で経を上げていたが、番頭の取次ぎで、すぐに店のほうへ出て来た。

この前、東吾達が梶原村で見かけた時よりも顔色が悪く、目がひきつったようになっている。

「おけいから訊いたことだが、お内儀さんはあの女に梶原村の妾宅をやる約束をしたそうだが……」

東吾が訊き、お里は小さくうなずいた。

「御亭主の幽霊が毎夜、枕許へ出て、おけいを頼むというのも本当か」

番頭が驚いたように、お里をみ、お里はきまり悪そうに苦笑した。

「夢をみたんです。それで……あの女が気の毒になって……」

「お内儀さんにとっては、憎い敵だろう」

「ですが、主人はあの女に首ったけでしたから……」

腹立たしげなものが語尾にのぞいた。

「昨日、良吉を呼んだのは、なんのためだ」

「おけいと夫婦になるのか、きいてみたんです。夫婦になって、ちゃんとおけいの面倒をみてくれるならいいが、おけいにやったものを、あの男がいいようにするんでは困りますから……」

「良吉はなんといった」

「ちゃんと添いとげるって約束しました」

「良吉と話をしたのは妾宅のほうだな」

「そうです」

「良吉は、何刻頃《なんどき》に帰ったんだ」

「私の迎えの駕籠が来るのを待っていたから、帰ったのは、五ツ（午後八時）近くだと思います」

「良吉は舟で帰ったのか」

「雨もやんでいましたし……あの人は舟に馴れてましたので……来た時も舟だといっていました」

「良吉と一緒に、家を出たのか」

「いいえ、あんまり遅くなるとおけいさんが心配するからと、あの人は一足先に帰りました。あたしは家の戸締りをして、火の始末をして外へ出てみると、ちょうど、駕籠が来ましたので……」

傍にいた番頭を、東吾はふりむいた。

「昨夜、ここのおかみさんが店へ帰って来たのは……」

「五ツ半（午後九時）よりはあとだったと思います。おかみさんが五ツに、迎えの駕籠をよこすようにおっしゃって、その通りに致しましたから……」

この店から妾宅までは、歩いても半刻とはかからない。

「良吉は死んだが、おけいに妾宅をやるのは間違いないだろうな」

東吾が念を押すと、お里は途方に暮れた様子をみせた。

「それが、今日、養子の平兵衛に話しましたら、そんな馬鹿なことをしてはいけないと叱られました」

平兵衛というのは、お里の甥で、嘉兵衛の生前から養子縁組をして、三年前に女房ももらっている。

源三郎が平兵衛を呼ぶように番頭に命じ、奥にいた平兵衛が慌ててやって来た。

「申しわけございません。手前が顔を出してよいかどうかと迷って居りましたので……」

妾宅をおけいにやるという話は、たしかに今日、お里から聞いたといった。

「正直のところ、おっ母さんの気持がわかりません。あの女のことでは、おっ母さんがどんなに腹を立てていたか、よく存じて居りますし……親父様が歿ったのも、あの女が馬鹿で、動かしてはならない病人を動かしたのが原因でございます。そんな女に今更、妾宅をやっては、世間の物笑いになるのではないかと存じまして……」

「ここの主人が妾にしていた女が、野たれ死することは、世間へ恥にはならないか」

「それは、あの女の心がけが悪いからでございます。親父様が歿って一カ月も経たない中《うち》に、男と暮しているような女でございますから……」

「その男は、昨夜、大川で溺れ死んだ……」

「おっ母さんから聞きました。昨夜の大川は雨で流れが大層、急でございましたとか、おそらく、帰りの舟がくつがえって、それで溺れたのでございましょうが、私共には天罰のように思えます」

「平兵衛……」

お里がとめた。

「歿った人のことを、そんなふうにいっては仏様の罰が当りますよ」

手にしていた数珠《じゅず》をつまぐって、小さく経文を唱え出した。

「夜遅く、造作をかけた」

東吾が腰を上げ、源三郎があとに続いた。

番頭が店の外まで送って来た。

「ここのおかみさんは随分、信心深いようだな」

何気なく、東吾がいい、番頭が頭を下げた。

「おかみさんはお子が出来ず、そのせいもあって、旦那は御生前、何度か女道楽でおかみさんと揉め事を起していらっしゃいました」

結局、お里は仏にすがることで嫉妬心を克服するようなところがあったらしい。

「番頭さんは、妾宅をおけいにやるという話を聞いていたのか」

「とんでもないことでございます。初耳で……」

「それじゃ、旦那の幽霊の話は……」

「全く、存じませんでした。そんなことでおかみさんが悩んでおいでだったとは……」

千駄木の通りは、夜が更けていた。

上野へ出てもよかったのだが、舟が待たせてあるので、やはり、豊島村の渡し場へ戻った。

夜の大川は、波が白く立って、流れも速い。

「今夜で、このくらいなら、昨夜はもっと激しかったろうな」

船頭にいうと、大きく合点した。

「昨夜は、こんなどころではございません。このあたりは隅田川でも川幅が狭く、その分、流れがすさまじいところですから……」

「良吉が流れに押されて、舟を転覆させたと思うか」

「そういうこともあったと思います」

ふと、源三郎が東吾の注意をうながした。

舟は、宮城村の良吉の家の前を通りかけている。

家の前に女が立っていた。

どうやら、おけいのようである。おけいは川にむいていた。川の向う側は梶原村で、ちょうど妾宅のあるあたりである。

「まさか、身投げするんじゃありますまいね」

長助がいった時、おけいは急に背をむけて家の中に走り込んだ。

その夜の「かわせみ」では、良吉の死について喧々囂々《けんけんごうごう》の体《てい》であった。

「そりゃもう、絶対に吉野屋のおかみさんが良吉さんを殺したんですよ。妾宅をやるなんて嘘ついて……おかみさんはおけいって女が憎くて仕方がなかったんです。おけいが良吉さんみたいな親切な男と幸せになるのに我慢がならなかったんですよ」

というのはお吉で、嘉助のほうは、

「しかし、そんなに憎かったら、おけいのほうを殺しませんかね。なにも、罪もない良吉さんを殺すことはねえんじゃありませんか」

と首をかしげる。

実をいうと、東吾も源三郎も、嘉助の意見と同じである。

「たしかに、お里の様子は可笑しかったし、良吉を殺そうと思えば出来ないことはない」

たとえば、舟で帰ろうとする良吉を送って来て、油断をみすまして竿《さお》や櫓《ろ》を取り上げてしまったら、激流の中で小舟はどうしようもないだろう、或いは、良吉が小舟に乗ろうとするところを、背後から竿などで強く突いても、容易に川へ転落させることは出来る。

「良吉に泳ぎが出来ても、雨上りの濁流が渦を巻いている大川じゃ、河童も川流れをするだろう」

ざっと考えても、良吉を溺死させる方法はいくらでもありそうであった。

「相手は油断し切っているんだ。おまけに、あのあたりは夜になったら人っ子一人通りはしない」

川っぷちは芦が茂り、陸地は田と畑ばかりであった。

「だがね、俺も源さんも、お里がそれほど良吉を憎むというのがわからない。憎いのはおけいで、良吉ではない筈だ」

黙っていたるいが、そっといった。

「それは、東吾様や畝様が、女の気持を御存じないからですわ」

光がものに当って屈折するように、女の憎しみは時として、遠廻りをして相手にぶっつけられる。

「お吉が申しましたでしょう。おかみさんはおけいさんが幸せになるのが憎かったんです」

「しかも、なにも……」

「自分の悲しみを、おけいさんにも思い知らせたかったんじゃありませんか。おかみさんは御主人に情愛をお持ちだった。おけいさんが愚かなせいで、御主人は歿ったんです。

大事な人を失った悲しみを、相手にも味わわせてやることで、怨みを晴らしたいというような、そんな気持は、わかります」

「女はおっかねえなあ」

東吾が首をすくめ、源三郎が腕を組んだ。

「もし、良吉殺しの下手人がお里だったとしても、証拠がありませんな」

誰もみていない川っぷちの暗闇でなにがあったのか、当事者が自白でもしてくれない限り、犯罪を立証するものがなかった。

「お里を番屋へしょっぴいて、責めてみたらどうですか」

とお吉はいったが、いくら町奉行所の役人でも、証拠もなしにしょっぴくわけには行かなかった。

「良吉さんが浮ばれませんよ。なんとかならないものでしょうか」

お吉が涙声でいったが、男達は手をこまねいているばかりであった。

翌日から、また、梅雨であった。

江戸の町はどこも灰色に煙ったような感じで、往来はぬかるみ、町を流れる小川はいまにも水が岸に届きそうな有様で、音を立てて行く。

良吉が死んで半月が過ぎた。

東吾が八丁堀の道場で一汗かいていると、いつの間にか、源三郎が来ている。

「どうも、可笑しなことになりました」

千駄木の町役人《ちようやくにん》から、お届けがあったという。

「吉野屋が、梶原村の妾宅を、おけいにやったそうです」

「なんだって、また……」

「それが……おけいが毎日のように、吉野屋へやって来て泣いて訴えたんだそうで……良吉の幽霊が毎晩、枕許へ立って、お里さんが怨めしい。怨めしいのは吉野屋のお里だといい続けるんだそうで……」

源三郎が柄にもなく芝居めいた所作をしたので、東吾はつい笑い出した。

「そんなことで、よく吉野屋が承知したな」

「いくら追っても、おけいはやって来るし、あのあたりのお寺を廻っては、同じことを訴えて、良吉の供養をせがんだそうです。その中《うち》に、お里の様子が可笑しくなって、飯も咽喉《のど》を通らなくなる。近所の連中は、てっきり良吉殺しはお里の仕業だと噂をする……結局、吉野屋は町役人を間に立てて、おけいに妾宅を渡すかわりに、世間をさわがすようなことはいい歩かぬようにと説得したんだそうです」

「それで、おけいはどうしたんだ」

「どうもしません。妾宅に暮して、良吉が残した田畑で働いて……けなげにやっているそうです」

行ってみませんか、といわれて、東吾は稽古道具をはずした。

しとしとと降りの雨を避けて、屋根舟で大川を上る。

千住大橋をすぎると両岸に緑の田が広がって来た。

小雨の中に、早乙女が赤い襷《たすき》をかけ、笠をかむって田植えをしている。

陽気な歌声が川の上まで聞えて来た。

「東吾さん、あそこに、おけいがいますよ」

舟の上から源三郎が教えた。

五、六人、一列に並んで田植えをしている中の一人が、たしかに、おけいのようであった。

「体が弱いって、お吉の話だったが、けっこう元気そうだな」

「女は化物ですからね」

吉野屋嘉兵衛にしても、良吉にしても、死んだのは男で、女のほうはしぶとく生きている。

「お里のほうは、朝から晩までお寺廻りをして、それが生甲斐みたいな顔をしているそうですよ」

「女って奴は、わからねえなあ」

田植歌を聞きながら、東吾はいった。

「田んぼの泥ん中に、脛《すね》までつかって田植えをしてよ。男なら、到底、陽気に歌なんぞ歌う気になれるもんじゃなかろう。それを、まあ、なんだい、あいつらは……」

雨の降っている畦道《あぜみち》に百姓の男が立ち止って、女達に軽口を叩いている。

早乙女がきゃあきゃあと喚声を上げ、やがて一人が、男をめがけて田の土を放った。続いて、泥のつぶてが男を目がけて次々にとぶ。

男は、這々《ほうほう》の体《てい》で逃げ出し、あとには勝ち誇った女の嬌声が残った。

「帰ろうぜ。源さん……」

力のない声で東吾がいい、船頭が竿をさした。

舟のむきが変る。

「良吉の奴が、かわいそうだな」

流れに乗ってすべり出した舟の後に、陽気な田植歌が追いかけるように聞えていた。

息子《むすこ》

一

その夕方、神林東吾が堀江六軒町を通りかかったのは、難波橋の近くにある牧野遠江守の上屋敷を訪ねた帰りであった。

牧野遠江守の家中《かちゅう》に、神林兄弟の母方の叔父がいる。堀長左衛門といい、普段は国許にいるのだが、たまたま、公用で江戸へ出て来た。

神林家では通之進が八丁堀の屋敷へ招いて歓待したのだが、その叔父が明日は国許へ帰るというので、香苗があらかじめ用意したさまざまの土産物を、東吾が牧野家まで届けに行ったものである。

江戸は天下祭といわれる山王祭が終って夏姿であった。

叔父を訪ねるために着せられた紋付の夏羽織と仙台平の袴《はかま》が、いささか、うっとうしい感じがする。

掘割のふちで、人がさわいでいるのが見えた。

「喧嘩だ、喧嘩だ」

と叫ぶのが聞える。

そういうことが嫌いなほうではないから、東吾は足を早めて掘割のほうへ近づいた。

堀江六軒町から堀江四丁目へかけて、掘割に架っている橋の上で、男が二人、取っ組み合いをしている。

髪の白いほうが、若い男の横っ面を思い切って、ばんばんとひっぱたき、若いほうは衿許《えりもと》を摑まれたまま、僅かに顔を振って攻撃を避けようとしている。

集った連中は橋の袂《たもと》にかたまっている。

東吾がそこへたどりついた時、中年の男が二人、喧嘩の仲裁に入ったようであった。

「待ちなさい。これっ」

若い男の肩へ手をかけたのは、でっぷりした中背のほうだったが、

「うるせえやい。下駄屋はひっ込んでやがれ」

と若い男にふり払われた。

「こん畜生、万屋の旦那に、なんてことを……」

白髪頭が若い男を突きとばす。

「まあまあ、棟梁……」

背の高い、痩せぎすの老人が声をかけた。

「なにがあったか知らないが、小源《こげん》も餓鬼じゃねえんだ。いい若いもんを、そうむやみ矢鱈《やたら》とひっぱたくものじゃない」

若い男が、どなった。

「名主は黙ってろ。こいつは俺と親父のことなんだ」

「名主様に、えらそうな口をききやがるな。この馬鹿野郎」

拳骨《げんこつ》が息子の頭にふり下され、息子が父親に体当りした。

はずみで、名主が橋の袂まで吹っとばされた。

「親にむかって、手むかいするのか」

棟梁と呼ばれた親父が満面に朱を注いだ時、お役人だという声がした。

「八丁堀の旦那だぞ」

と走って来た奴が叫ぶ。その後から畝源三郎の陽に焼けた顔がみえた。

「どうも、毎度、御厄介をおかけ申しまして……」

名主が畝源三郎に頭を下げ、取っ組み合いをしていた親父と息子は肩を並べるようにして神妙になった。

「親父のほうは大工の棟梁でしてね。堀江町の源太っていいますと、そっちのほうではかなり名前が通っています。名人気質《かたぎ》といいますか、なかなかいい仕事をするそうで……悴《せがれ》は小源太といいますが、みんな、小源と呼んでいます。男前で気風《きっぷ》がいいので、町内の若い連中には人気がある。なにかにつけて先達《せんだつ》にされるので、派手にみえます。そんなところが、親父は気に入らないようで……」

橋の上の喧嘩をおさめた畝源三郎と肩を並べて、東吾は日本橋川のふちを歩いた。

「それにしちゃあ、随分と激しかったじゃないか」

息子はなぐられた拍子に唇が切れて、血を流していたし、そのあとの親父のひっぱたき方にも容赦がなかった。

「源太というのは名人気質だけあって、自分の仕事に口出しされると、むきになるそうですよ」

「小源太が口出しするのか」

「生意気盛りでしょう。蛙の子は蛙で、あいつの腕も、けっこういいそうですから……」

「悴も大工か」

「上の二人は職人になるのを嫌って、日本橋の大店《おおだな》に奉公しています。もっとも、その二人と小源とは母親が違うんで……」

「後妻か」

「いや、深川の芸者に産ませたんです」

「親父もなかなかやるじゃないか」

「その頃は、まだ若かったんですよ」

若いといっても、四十をすぎての子だと源三郎はいった。

「源太の死んだ女房は、商家に奉公していて、職人の女房になったことをあまり喜ばなかったといいますから、上の二人の息子はそのせいもあって、父親と同じ仕事につかなかったと、名主はいっています」

「流石《さすが》、定廻りの旦那は、よく知ってるな」

町奉行所へ戻る畝源三郎と別れて、東吾は八丁堀へ戻った。

翌日から東吾は狸穴の方月館の稽古に出かけ、戻ってきたのは十日後の夕方である。

例によって大川端の「かわせみ」へ草鞋《わらじ》を脱いで、るいの部屋で一夜をあかしたのだったが、朝、目ざめてみると庭のほうで鉋《かんな》を引く音が聞える。

「離れの部屋を少し広げますので、職人が入っていますの。おやかましゅうございましょう」

朝の膳を運んで来たるいがすまなさそうにいった。

「ちょうど、東吾様が狸穴からお帰りになる頃にぶつかるからと、お吉がとても気にしていたのですけれど……」

最初の予定ではとっくに仕事が終る筈が、前の仕事が遅れて、そのとばっちりでこっちも遅くなった。

「棟梁がいい人で、約束をたがえてすまないって、額をすりつけてあやまるんです。うちのほうは、どっちみち、今月中はお客様も少いし、離れが使えなくてもどうということはありませんって、いくらいっても、すまないって……」

「どこの棟梁なんだ」

るいの話の途中から、ひょっとしてと思いながら東吾は訊いたのだったが、

「堀江町の源太さんって人なんですよ、ここの家を立て替えた時も、その人が墨を引いてくれて……」

るいがここを買って、宿屋稼業を始めた頃からのつき合いだといった。

「なんだ。るいはあの親父を知っていたのか」

「東吾様は、どうして御存じ……」

「この前、堀江町で親子喧嘩をしているところをみたんだ。源さんが来合せて仲裁しておさまったんだが、息子は派手になぐられていた」

「小源さんですか」

味噌汁の椀を持って来たお吉が口をはさんだ。

「あの人なら、しょっちゅう、親父さんとやり合っていますよ。どっちも名人肌だから、仕事のことになるとゆずらないんです」

「源さんもそういってたよ」

「親父さんもたいした仕事をする人ですが、小源さんも若いのに、いい腕ですよ。それにいろいろ工夫をしてくれましてね」

以前、風呂場を改造してもらった時も、湯気抜きを天井に作ったり、たたきの水はけ

を改良したり、具合よくしてくれたんです」

「そりゃ、お吉は小源びいきだな」

「どうやら、男前で気風がいいといった源三郎の言葉を思い出して、東吾は笑った。

「独り者か」

「そうですとも」

「あっちこっちに岡惚《おかぼ》れがいるんだろう」

「いいじゃありませんか、血気盛んな年頃なんですから……」

「小源ってのは、いくつだ」

「二十三ですって」

「そうすると、俺も血気盛んな年頃ってわけだな」

るいが軽く袂をあげてぶつ真似をして、お吉が首をすくめた。

「若先生は、ちゃんとこうやって決ったお方がいらっしゃるんですから、他見《よそみ》をなすってはいけません」

「なにいってやがる」

お吉が逃げ出して、東吾は漸く箸を取った。

焼き茄子《なす》に鹿尾菜《ひじき》と油あげの煮つけ、それに山芋のすりおろしたのは、るいが器用に卵と合せて渡してくれる。

「また、いやな強盗が世間をさわがしているそうですよ」

思い出したように、るいがいった。

「侍くずれだそうで、腕がたつっていうんでしょうか、盗みに入って、すぐ人を殺すそうです」

昨日、深川の長助が来て、そんな話をしていったという。

「二人組だっていいますけど……」

「ここも用心したほうがいいぞ。なんなら当分、用心棒に泊り込んでやる」

るいが嬉しそうに笑い、東吾はそういった手前、なんとなく八丁堀の屋敷へ帰りそびれた。

で、所在なく離れのほうへ行ってみると、今まで母屋から飛び石伝いになっていたところを渡り廊下でつなぐようにしている。

「離れの風情は多少、薄くなりますが、女中がお膳を運ぶにしても、お客様が湯殿へお運びなさいますにも、天気の折はまだしも、雨でも降りますと難儀でございましたから……」

やはり、工事をみに来ていた番頭の嘉助が東吾に説明した。

「そりゃあ、このほうが便利だ」

働いている大工は三人ばかりで、その中の二人が、いつぞやとっ組み合いをしていた父子であった。

時折、白髪頭の源太が、若い二人に指図しているが、その他は殆ど口をきかない。裏庭には材木が積んであって、そこが一つの仕事場になっていた。

鉋をかけるのも、鋸《のこ》をひくのも、そこでやる。

東吾は飽きもせず、見物していた。

源太が来て板に鉋をかけて行く。入れかわりに小源がやって来て、同じように板の表面に鉋をかける。東吾は鉋屑《かんなくず》を拾って眺めていた。

どちらも紙のように薄い鉋屑であった。

やがて、昼飯になる。

若い二人は持参の弁当を食べていたが、源太は、お吉が呼びに来て、離れの縁側で餅入りのうどんを食べる。

「お腹にもたれるから昼飯は抜きにしているというもんですからね。うちのお嬢さんが、それじゃ体によくないからって……」

餅は一個、うどんも少量であった。

源太はそれをゆっくりと食べる。

「こないだの喧嘩のわけを教えてくれないか。橋の上でとっ組み合いをやっていただろう」

東吾も、お吉にうどんを運んでもらって、源太の傍ですすりながら訊いた。

じろりと源太が東吾をみた。が、のんびりとうどんをすくい上げている東吾の様子に、仕方なさそうに話し出した。

「親にむかって指図がましいことをいいやがったからですよ」

「なにをいったんだ」

「最初に決めた約束以外の仕事を、あとから押し付けられても困るんでね」

「ここの、前の仕事か」

そっちが予定より延びて、「かわせみ」のほうの仕事に入るのが遅れたとるいが話したのを、東吾は思い出した。

「そうなんで……隠居所の建て直しだけだったのが、向島の別宅のほうもなんとかしろといわれましてね」

やや口調が穏やかになったのは、訊いている東吾の人柄のせいである。

「断れなかったのか」

次の仕事の約束が入っていた。

「断りました」

「小源がなにかいったのか」

「兄貴達の立場が悪くなるから、なんとかしてやれねえかってね」

「そうか」

ふっと東吾が眼を細くした。

「棟梁の悴は、日本橋の大店に奉公しているんだったな。無理な註文は、そっちの筋か」

　源太が苦笑した。

「旦那は、えらくいい勘をしてお出でだが、やっぱり、八丁堀の旦那ですかい」

「俺は畝の旦那の友達でね。しかし、役人じゃねえんだ」

「左様で……」

　最後のうどんをすすり込んで、源太は軽く頭を下げ、箸をおいた。

「しかし、棟梁も頑固だな。そんなことで小源をなぐったのか」

「親をさしおいて、勝手に引き受けて来ちまったんですよ。おまけに言い草が生意気だ。大和屋さんの仕事は俺がする。親父は約束通り大川端のほうへ行けとね」

「成程」

「半人前の仕事しか出来ねえくせに、大きな口を叩くんじゃねえ。手前一人で出来る仕事かってんで、ひっぱたいたんです」

「しかし、小源もなかなかの腕じゃねえか。もう一息で棟梁に追いつくだろう」

　源太が立ち上った。

「さっき、鉋屑をごらんになってましたね」

「ああ」

「あれが、もう一息だと思いますか」

「そんなに大変なものか」

「伊達《だて》に年をとっちゃあいませんや」

茶も飲まずに、源太は仕事場へ去った。

二

午後になって、深川から長助がやって来た。

「もう、狸穴からお帰りの時分だと思いましたが……」

昨夜、神田皆川町の味噌問屋、伊勢屋勘兵衛の店に二人組が押し入って、二百両を奪い、主人勘兵衛と、手代の幸之助を殺害して行ったという。

「畝の旦那が、間もなくこちらへおみえんなります」

「源さんが用なら、俺のほうから出かけて行くぜ」

てっきり捕物の手伝いと東吾は早合点をしたのだが、

「いえ、旦那は若先生がお帰りになってるのをご存じゃねえんで……その、用ってのは、堀江町の棟梁になんです」

源太が「かわせみ」で仕事をしているのを知って、ここへ来るのだという。

畝源三郎は長助より、ほんの僅か遅れて「かわせみ」の暖簾をくぐった。

「東吾さん、お帰りだったんですか」

帳場で長助と話している東吾をみて、ほっとした表情になった。

「堀江町の棟梁に用だそうだが、まさか、源さんの屋敷の普請を頼むんじゃあるまいな」

冗談らしく東吾が笑い、るいが傍からいった。

「もし、棟梁になにかお訊きになるのでしたら、お部屋の用意が出来ますけれど……」

「いや、それほどのことではないのですが」

東吾さんにも聞いていてもらったほうがいいでしょうと源三郎がいい、結局、るいの部屋へ源太を呼ぶことになった。

仕事の途中を呼び出された源太は、あまり機嫌のいい顔ではなかった。だが、るいの部屋で待っていた畝源三郎をみると怪訝《けげん》そうに廊下へ膝を突いた。

「なんでございます。いったい……」

「まあ、入ってくれ」

源三郎が手招きし、それをきっかけにお茶を運んで来たるいも部屋から出て行った。

残っているのは東吾一人である。

源三郎が懐中から折りたたんだ紙を出した。

なにやら、墨痕《ぼっこん》鮮やかに書いてある。

「神田連雀町、乾物問屋、小田原屋長兵衛、日本橋北鞘町、会席料理屋、丸屋儀兵衛、薬研堀不動前、宇治信楽茶問屋、井筒屋利助、鉄砲洲、医師、那須玄竹、上柳原町、藍玉問屋、阿波屋重兵衛、それに、神田皆川町、味噌問屋、伊勢屋勘兵衛だが、この家々になにか思い当ることはないか」

源太が、すぐに応じた。

「あっしのお出入り先でございますが……」

「昨年から今年にかけて、各々に仕事に参って居るか」

「左様で……」

ちょっとした修理もあれば、建て増し、或いは改築など、仕事の内容に相違はあっても、

「たしかに、仕事を頂戴して居ります」

源三郎がうなずいた。

「実を申すと、この家々は、すべて二人組の押し込みにねらわれているのだ」

実際に押し込まれて金を奪われたのは伊勢屋と井筒屋、阿波屋の三軒だが、他の店も二人組らしいのが夜廻りにみとがめられて逃げたり、店の者が音に気づいて大さわぎをしたために未遂に終ったりしていると源三郎がいった。

「するってえと、あっしが盗っ人の手引きをしたとでもおっしゃるので……」

源太が顔色を変え、源三郎が大きく手を振った。

「棟梁を疑っているのではない。ただ、棟梁が使った者の中に、なにか思い当るような者はなかったか」

修理であれ、改築であれ、仕事に入った職人はその家の様子がよくわかる。

「なにも、棟梁が使った者とは限らない、一緒に出入りした職人の中に、不審の者はな

かったか」

　だが、源太はむっと唇を結んだまま、首を振った。

「あっしに心当りはございません」

「若い連中で賭博などに凝って、金に困っている者はないか。岡場所の女に熱くなっている者、もしくは、近頃、急に金廻りのよくなっている者……」

「存じません。そういうことは、あっしにはわかりかねます」

　不快そうな返事であった。

「お役に立てねえで申しわけありませんが、仕事の途中でございますんで……」

　お辞儀をして、そそくさと部屋から出て行った。

「喧嘩の仲裁をしてやったにしちゃあ、八丁堀の旦那も、かたなしだな」

　源太のそっけなさに苦笑して、東吾は別に訊ねた。

「二人組は侍くずれだと聞いたが、そうじゃなかったのか」

「二人共、大小をたばさみ、侍姿のようなのですが、これまでに斬られた者を調べてみますと、これが全部、袈裟《けさ》がけでして……」

　傷の深さまで、ほぼ一致すると源三郎はいった。

「それと、二人組をみた者たちの話をまとめてみると、どうも、一人は抜き身を下げてはいるが、全く脅しのようで、人を斬るのはもう一人のほう、それも居合抜きのようなのです」

人を斬らないほうは、大小が如何にも重たげにみえるといった者があり、歩き方や身のこなしが、なんとなく侍らしくないと感じた者も少くない。

「ひょっとすると、一人は偽《にせ》の侍だとも思えるのです」

「それで、職人探しか」

「小網町の岡っ引で仙八というのが申したことですが、源太の倅の小源太は、四、五年、かなり、ぐれていて、親父から勘当されかけていたというのです」

一つには、その頃、彼の母親が死んだ。

「小源太は、父親が深川の芸者に産ませた息子ですが、赤ん坊の時に源太がひき取って育て、女とはそこで縁を切ったんだそうです」

小源太はかなり大きくなってから、自分の本当の母親は深川で芸者をしていると他人の口から知らされて、それとなく会いに行ったりしていたらしいが、その母親が病死して、父親に反撥するようになった。

「まあ、男の子は母親に格別の思いがあるものですし、小源太が少々、ぐれても仕方がなかったのかも知れません」

ごろつき仲間とつき合って恐喝まがいのことをしてみたり、賭場《とば》へ入りびたったりしていた。

「三年前に、源太の女房が歿《なくな》りまして、その時は二人の兄は日本橋大伝馬町の木綿問屋、大和屋九郎左衛門のところへ奉公に入っていましたので、源太は一人ぼっちになりまし……なにを考えたのか、小源太は家へ戻って来て、神妙に大工の修業をはじめたそうです」

子供の時から、なにかと手伝っていたが、本格的に大工として働き出したのは、それからのことだといった。

「源さんは、小源が二人組の一人だというのか」

「手前ではなく、仙八が疑っているのですが……」

「あいつは押し込みなんぞしてやしねえよ」

袂から、東吾が二枚の鉋屑を出した。

「こっちが親父、こっちは息子だ」

どちらも薄く長い鉋屑であった。

「よくみると、親父の引いた鉋屑のほうが表面に艶《つや》がある」

つまり、一息に引き切って、鉋の扱いにためらいがない。

「しかし、小源のほうだって、たいしたもんだぜ。三年かそこいらで、これだけの鉋屑を引くんだ。とてもじゃないが、侍に化けて押し込みなんぞをやってる暇はねえ筈だ」

「小源でないとすると、まるっきり手がかりがないので困っています。東吾さんのお智恵を拝借したいものですな」

源三郎が奉行所へ帰り、長助が残った。

「長助親分は、どう思う」

るいが運んできた西瓜《すいか》を一つ取って、東吾は縁側に出た。

「源さんが並べ立てた大店は、たしか日本橋と神田ばかりだったが……」

押し込み先が限られているのは、二人組がそのあたりに土地勘があるのか。

「定廻りの旦那方は、日本橋から神田にかけて、浪人者を調べてお出でのようですが」

「浪人者とは限るまい」

「ですが、仕官をなすっていらっしゃるお方が……」

「侍とは限るまいってことさ」

「一人は、でござんしょう」

「二人共だよ」

袈裟がけばかりというのが気になると東吾はいった。

「侍って奴《やっとう》は、大体が子供の頃から剣道の稽古をさせられている。得意業《とくいわざ》というのはあるだろうが、そいつが出るのはここぞっていう勝負の時だ。まるで、無抵抗の人間を斬るのに、いつも同じ業《わざ》ってのが可笑しいように思うんだが……」

長助が目を丸くした。

「するってえと、どういう」

「源さんがいったろう。居合抜きをするらしいと」

浅草の奥山で居合抜きなんぞを見世物にしている芸人がいると東吾はいった。

「浪人のような恰好をしているが、あいつらは浪人じゃないだろう」

香具師《やし》の仲間か、やくざ渡世か。

「わかりました、早速、畝の旦那に申し上げて、そういう奴等を調べてみます」

勇み立って長助が帰ってから、東吾はるいに訊いた。

「家を建て増すには、大工の他にどんな職人が入るんだ」

左官の他に、屋根屋が入る場合もあるだろうし、畳屋、建具師が必要のこともある。

そうした職人の中に、二人組の手引きをする奴がいるのか、それとも、二人組の一人がそうした職人なのか。

「こいつは、ちょっと厄介だな」

夕方になって、東吾は又、仕事場へ出た。

小源が一人で鉋を引いていた。気合を入れて、さっさと引いているのが、東吾をみて手を止めた。

「なにか用かね」

気が散るから、むこうへ行っていてくれといった。

「お前んとこの棟梁が、いつも一緒に仕事をする左官とか屋根屋は決っているんだろうが、そいつらの中で、奥山の芸人と仲のいい奴はいないかな」

「俺だって、奥山の芸人ぐらい知ってるよ」

「居合抜きか」

「いいや、猿まわしだ。もう、よぼよぼのじいさんだがね」

庭のむこうに源太の姿がみえた。

「馬鹿野郎、とっととしねえか、日が暮れちまうぜ」

東吾は袂の鉋屑を捨てて、母屋のほうへひき返した。

三

二晩、「かわせみ」へ泊って、東吾は八丁堀の屋敷へ戻った。

運の悪いことに、兄の通之進が居間にいる。

「畝源三郎の手伝いを致したそうだな」

なにもいわない中《うち》に、通之進が弟を眺めて口を切った。

「二人組の押し込みについて、なにか、目星がついたのか」

東吾はへどもどして頭へ手をやった。

「今のところ、まだ……」

「堀江町の棟梁は、かわせみの仕事をしているそうだが、それ以前はどこを請負った」

「大伝馬町の大和屋だそうですが……」

まさか、と思わず口に出た。

「二人組が今度、ねらうのは大和屋ということですか」

いくらなんでも、敵も要心するのではないかと東吾はいった。

「町方が動き出しているのに、気がつかないとは思えませんが……」

「源太の出入り先がねらわれていると知ったのは、奉行所と……」

「当人の源太です」

「其方《そのほう》は源太の悴が一味と思っていないそうだな」

「はい」

「ならば、どうして敵が要心をする。敵はまだ、源太の出入り先がやられると町方が気づいたことさえ、知らぬのではないか」

「そういえば、そうかも知れません」

たて続けに、源太の仕事先をねらった一味であった。やすやすと盗みに成功して有頂天になっているのかも知れない。

「一味が大和屋を襲えば、源太父子はかかわり合いがない。もし、襲って来なければ、小源太とやらを、あやしいと思え」

「わかりました」

屋敷を出て、畝源三郎の家へ行った。

源三郎のほうは夜廻りから戻って来たところであった。

「兄上に小僧っ子扱いされて来た」

そっちの調べはどうだと訊くと、源三郎が思いがけないことをいった。

「源太が、大和屋へ泊り込んでいます」

「かわせみ」の仕事を終えて堀江町の家へ戻ると飯をすませて、それから大伝馬町の大和屋へ行って朝まで不寝番《ねずのばん》をしているらしい。

「大和屋は、なんといっているんだ」

「源太が理由を話さないようで、なにがなんだかわからず、あきれているそうです」

奥山の芸人のほうは、長助が走り廻っているので、追っつけ知らせが来るだろうという。

源三郎を一休みさせて、東吾は自分だけ「かわせみ」へとんぼがえりした。

仕事場へ行ってみると、源太がもう一人の若い大工と働いている。小源の姿はみえない。

「倅は、どうしたんだ」

声をかけると、仕事の手を止めもせずに、

「昨夜から帰って来ませんや」

吐き出すような口調であった。

「どこへ行った」

「大方、どこぞの岡場所にでもしけ込んでいやがるんでしょうよ」

「棟梁は昨夜、大和屋へ不寝番に行ったそうだな。小源が二人組なら、ふん縛る心算《つもり》か」

それに返事はなかった。

とんとんと釘《くぎ》を打ち込む音が続く。

るいの部屋へ来ると、

「棟梁は具合が悪いんじゃないかって、お吉が心配しています。今朝来た時も顔色が悪かったし、足許もふらふらしているようで……」

「昨夜、寝てねえからだろう」

ここだけの話だと断って、大和屋へ不寝番に行ったのを話すと、るいが眉をひそめた。

「そんなことをして……、それでなくたって棟梁は体が弱っているんですよ。食も昔から思ったら、びっくりするくらい細くなっているし、あんなに好きだったお酒も煙草もやめちまったのは、飲んでも旨《うま》くないからだって……、嘉助がきっと、どこか悪いんだからお医者にみてもらったらって勧めているんですけど……」

そこへ畝源三郎と長助がやって来た。

「奥山に、鬼童丸と名乗っている奴がいまして、そいつは居合抜きをやった上で、藁《わら》人形を袈裟がけに斬ってみせるんだそうです。むかし、秩父のほうの剣術の道場で、下男をしていておぼえたんだそうですが、先月からばったり奥山へ来なくなって、その代り、あっちこっちの賭場にちょくちょく顔を出しているそうです」

住居は下谷の寺の離れだと聞いて、そっちへ行ってみたが、やはり先月から全く帰って来ていないと住職がいった。

「どこかに女が出来て、居続けでもしているんじゃねえかと思いますが……」

鬼童丸がよく出かけるという賭場へも寄ってみたが、

「鬼童丸は来ていませんで、そのかわり、妙な話を耳にしました」

昨夜、小源がやって来たという。

「手なぐさみをするわけじゃなくて、昔の仲間に、なにか訊いていたようだというんですがね」

小源も動き出した、と東吾はうなずいた。

「俺のいったことに、心当りがあったのか、それとも……」

無駄かも知れないが、これから、奥山へ行ってみると源三郎はいった。

「万一、鬼童丸が戻って来ているかも知れませんし、仲間がなにか知っていれば、と思います」

「俺も行こう」

とにかく、早いこと、二人組をみつけ出さないことには、今夜も源太は大和屋へ不寝番に行くだろう。

浅草へ行って香具師の元締めのところへ寄ってみたが、鬼童丸は帰っていない。

「どっちかといえば、あまり頭のいい奴じゃありません。居合抜きをやってみせる他にはこれといって口上が旨いわけでもありませんし、仲間内からも馬鹿にされていました」

賭け事は好きで、それも芽が出たためしがなく、いつも、ぴいぴいしていたといった。

「鬼童丸の知り合いに、職人はいなかったか。大工とか左官とか、屋根屋、建具屋、なんでもいいんだが……」

元締めが首をひねった。

「職人の知り合いがあるとは聞いていませんが……」

「仲間で、鬼童丸と親しい奴は……」

「あまりいないようで……無口で人づきあいの好きなほうじゃありませんでしたから」

部屋のすみにいた若い衆が、その時、口を出した。

「そういやあ、秩父にいた時分の知り合いと出会ったなんていってましたよ」

東吾がふりむいた。

「いつのことだ」

「はっきりしませんが、先月のことで……」

「秩父か」

そっちも江戸へ出て来ていたものだろう。江戸で奉公しているのか、或いはたまたま出て来たものか。

「男だろうな」

「昔の友達だといっていました」

「なにをしている奴だ」

「そこまでは聞いていません」

元締めのところを出て、奥山を歩いた。

「源太と一緒に仕事をした職人、或いは今までに押し込まれた店へ入っていた職人の中から秩父の男を探してみましょう」

大変な仕事だが、漸く摑んだ手がかりかも知れない。

「鬼童丸が二人組の一人ならば、の話だがな」

それでも、源三郎の指図で長助をはじめとする岡っ引が手分けをして散って行った。

「小源の奴、どこへ行っちまったのか」

東吾はそれが気がかりであった。

「棟梁は息子が心配でたまらねえんだ。口では、ぽんぽんいってやがったが、冴えねえ顔をしていたよ」

源太は悴を信じてはいるのだろうと東吾はいった。

「だが、小源にはむかし、ぐれて悪い仲間とつき合ってた過去がある。親父としては、信じているものの、もう一つ、不安になったのだろう」

堀江町の源太の家は、父子二人暮しであった。

「独り者の悴は、時には女郎買いにも出かけるだろう。親父にしてみれば、息子が夜あけに帰って来ることが、時々はあるのを知っているだけに、これも、もしやにつながる」

考えた末に大和屋へ不寝番に入ったのだとは容易に見当がつく。

「親父が大和屋にいる分には、悴は押し込みに入れまい」

「小源が二人組の一人でなかったら、どうなります」

「源太が一番、知りたいのはそれだろう、もし、大和屋に二人組が入って、それが悴でなければ、あいつにとって、どんなに喜ばしいことか」

源太の不寝番はそれを確かめることにあるといってもいい。

「小源は小源で、そんな親父の気持がわかるから、なんとか二人組を捕えたいと走り廻っているのかも知れない」

大川端へ戻って来ると、もう夜であった。

「さっき、棟梁の悴さんが来たんです」

早速、お吉がいいつけた。

「大和屋さんへ奉公してる上の悴さんだっていいますけど、この節、あっちこっちで押し込みに入っている二人組の一人は、小源じゃないかという評判が立っているって……そういう弟を野放しにしておいては、自分達が世間に顔むけならないから、なんとかしろっていうんですよ」

たまたま、庭の掃除をしていて、お吉は源太と長男の話を立ち聞きしたらしい。

「棟梁はなんといった」

「小源は、そんな奴じゃない。あいつの仕事っぷりをみれば、そんな奴じゃないことがよくわかるって……」

「成程……」

「それでも悴さんは愚図愚図いってましたけどね」

一汗流してから東吾はるいの部屋で酒を少しだけ飲み、腹ごしらえをした。

今夜あたり、なにかありそうな気がする。もし、奥山にいた鬼童丸という男が二人組の一人なら、博打の金も、ぼつぼつ窮して来る頃であった。

夜が更けて、約束通り、畝源三郎が迎えに来た。

「長助が、まだ帰っていません。おそらく、賭場を廻っているものと思われますが……」

漸《ようや》く暑さが引いて夜風が快い。

月は中天に、星はまばらであった。

大伝馬町は軒並み木綿問屋である。

町角まで来た時、わあっという叫び声が聞えた。

「源さん……」

猶予なく、そっちへ走る。

大和屋の前であった。

大戸がはずれている。そこから土間がみえた。

一人の男に組みついているのは小源であった。もう一人と源太がもみ合っている。

「父《ちゃん》、気をつけろ」

一人に組みついたまま、小源が父親の相手に体当りした。

「年寄は、ひっ込んでろ」

「なにいいやがる、餓鬼の分際で……」

白刃がひらめいたが、その時は東吾がとび込んでいた。

「手前が鬼童丸か」

太刀をはじきとばされて、大男は立ちすくんでいる。逃げ出そうとしたもう一人は源三郎に十手でなぐられて、ひっくり返った。

「あいすみません、尾《つ》けてたんですが、見失っちまいまして……」

提灯と一緒に長助が店へ入って来た。

小源を尾け廻していたのだという。小源は、

「あっしは、こいつを尾けてたんです」

十手でなぐられた男を指した。

「左官の下職の五助です。賭場を訊いて歩いたら、こいつの名前が出て来たので……」

奥山の大道芸人らしい男と、よく一緒に来て、身分不相応な賭け方をすると聞いて、小源は五助を追い廻した。

「ただ捕えたって泥は吐くめえ。押し込みに入るところを、とっ摑まえてと思ったもんですから……」

奥で息をひそめていた大和屋の主人や奉公人が出て来た。その中に、源太の二人の息子もいる。

「押し込みが入ったと気がついた時、棟梁が一人で出て行きました。みんな、ここから動くなといいまして……」

父親が出て行ったというのに、二人の悴は奥で慄《ふる》えていた。

源太は二人組の顔を手燭の灯でみて、それから一人に組みついた。

「幸い、小源の奴がとび込んで来て助けてくれましたので……」

ふっと目をうるませたのは、我が子へかかった疑いが晴れたという安堵のせいか、死にもの狂いで父親をかばった末っ子が頼もしくみえたのか。

「いつの間にか、いい若い者になっていやがって……」

小源が、ぷっとふくれた。

「よせやい。手前こそ、年寄の冷や水で……家で大人しく寝てりゃいいものを……」

「なんだと……」

ちょっと睨み合った父子に、東吾が笑った。

「喧嘩なら、家へ帰ってからにしな、夜が明けちまうぜ」

源太が死んだのは、それから八日目の夜であった。

小源と酒を飲んでいて、急に気分が悪いといい出し、小源が走って医者を呼んで来たが、小半刻ばかりで息をひき取った。

「肝の臓をやられていまして……」

医者が胸の上を触ってみると、そこが板のように固くなっていたという。

「よく、こんなになるまで元気で働いていたと思います」

通夜に、東吾はるいと出かけた。

大和屋から来た二人の息子は、遺骸の傍で泣きながら通夜の客に挨拶をしていたが、小源はのぼせたような顔をして夢中で喋っていた。

「酒も煙草も旨くねえからやめるっていってたのが、なんで急に飲みたがったんですかね。親父がやめたのに、俺だけ飲んじゃすまねえと思って、家じゃ飲まなかったのに、酒を買って来い、一緒に飲もうって……いい出したら、きかねえ親父でしょうが……仕様がねえから、角の酒屋で一升買って来て、茶碗でさあ、ぐっと一杯やっちまって、旨えなあ、この馬鹿野郎って……そういったんですよ、旨えなあ、この馬鹿野郎……ありゃあ、いってえ、なんだったんですかねえ……それから、気分が悪いって横になっちまって、……俺が医者、呼んで来るからっていったら……もう一ぺん、旨えなあ、馬鹿野郎って……それっきりです。あとは医者が来たあとも、一言も口きかねえで……大往生でした」

小源の声は、むしろ陽気に聞えた。

一人で喋り、通夜の客に酒を勧め、お辞儀をして廻っている。

るいは台所を手伝い、東吾は片すみで飲んでいた。

やがて、夜が更けて、客は一人去り、二人去り、二人の兄も大和屋へ帰って行った。

「それじゃ、俺達も帰るか」

酔って居ねむりでもしていたような東吾が漸く腰を上げ、るいと外へ出た。

小源は送って出て、丁寧に頭を下げる。

「おい……」

東吾がそっといった。

「いい棟梁になれよ」

小源が笑った。

「親父のような鉋屑は、なかなか出せませんがね」

歩き出して、ふと東吾が足を止めた。

ふりむいてみると、小源が東吾達とは反対のほうへ歩いて行く。

「あいつ、どこへ行くんだ」

気になって、東吾はるいと後戻りをした。

小源の歩いて行った先は、あの橋の上であった。

いつか、東吾が初めて小源をみた時、そこで父子はとっ組み合いの喧嘩をしていた。

橋の上で小源が泣いている。

子供のように両手を顔に当て、おいおいと声を上げて泣きじゃくっていた。

るいが、東吾の袖をひいた。

橋の袂の欄干に、橋の名前が書いてあった。

「親父橋か」

小さく呟いて、東吾は空を見上げた。

掘割にかかった小橋の名前が「親父橋」、その橋の上で、親父を失った息子がたった一人で号泣《ごうきゅう》している。

親父橋の下を流れる水は、この先の思案橋を通って日本橋川から大川へ注いでいる。

夏の月が、橋と人と川の水を照らしていた。

源太郎誕生《げんたろうたんじょう》

一

暮方、少しばかり気の早い夕立が大川端を走り過ぎて、上った時には夜になっていた。

台所で泊り客の膳のものを吟味していたるいは、帳場のほうから、なつかしい、威勢のいい声が聞えて来て、慌てて出て行った。

上りかまちのところに神林東吾が突っ立って、嘉助と話をしている。

若い衆にすすぎをとってもらっているのは畝源三郎であった。

「お揃いで、お珍しいじゃございませんか」

以前は東吾と一緒によく「かわせみ」へ夕飯を食べがてら寄って行った畝源三郎が、妻帯してからはあまりそういうことがなくなった。

東吾が遠慮して誘わなくなったからである。

「練兵館の斎藤先生のところへうかがってね。そこんところまで帰って来たら、源さんに会ったんだ」

二人とも腹が減っているからすぐ飯にしろと、亭主ぶっていいつけるのに、これも帳場へとんで来ていたお吉が、いそいそと台所へとって返す。

るいの部屋へ通って、

「そうだ、源さん、一風呂浴びて来い。雨に遭ったんだろう」

東吾が気がつき、るいは遠慮する源三郎を風呂場へ案内した。成程、肩のあたり、かなり濡れた痕《あと》がある。

東吾の浴衣を出し、濡れている着物を衣桁《いこう》にかけて部屋へ戻って来ると、東吾は庭を眺めていた。

雨上りの暗い庭に椎《しい》の花の匂いがしている。

「よろしかったんですか、畝様、お屋敷で奥様がお待ちでしょうのに……」

「女房が実家《さと》へ帰っているんだとさ」

あっけらかんと東吾がいった。

「臨月が近くなって、源さんによけいな心配をかけないようにってんで、先月の末から江原屋へ行ってるそうだ」

「それじゃ、畝様はずっとお一人でしたの」

「女中がいるから、不自由はないそうだが、なんだか、しょんぼりしているみたいにみえたんで伴《つ》れて来たんだ」

そういうところは、気がつかないようでいて、友人思いの男であった。

「それじゃ、せいぜい、畝様のお好きなものをさし上げるように致しましょう」

るいは張り切って板前を呼び、献立をあれこれといいつけている。

蚊やりの煙がゆるく流れる縁側で、東吾はぽつんとすわっていた。なにか考えるような横顔である。

が、待つ間もなく源三郎が風呂から上って来た。

「おかげでさっぱりしました」

流石《さすが》にくつろいだ様子である。酒が運ばれ、膳が出て、話はやはり間もなく誕生する源三郎の子供のことになる。

「源さんは男でも女でもいい、とにかく、無事に生れてくれればよいと、そればっかりいっているんだ」

一度、お千絵は流産をしていた。

そのあと、体を悪くして暫《しばら》くは向島の乳母の家へ養生に行っていたこともある。

「江原屋の親類が大さわぎをしているそうですよ。五月《いつつき》の岩田帯の時なんぞ、三本も祝いの帯が届いて、どれを一番に締めるかで、お千絵が苦労していました」

いつもより早く酔いの出た源三郎は、ひかえめに喋っているつもりで、やはり嬉しさをかくし切れない。

「男でもいいが、源さんには似ないほうがいいな」

いつもの憎まれ口をきいて、東吾が訊いた。

「もう名前は考えてあるのか」

「それにぬかりはありません」

男の子なら、源太郎とつけるといった。

「手前の祖父の名です」

「女の子なら、なんとつける」

源三郎が目をしばたいた。

「女の子なら……生れてからつけます」

「考えてないのか」

あきれた奴だと東吾が笑った。

「男でも女でもいいといいながら、女の子の名前は考えてないというのは、どういうことだ」

もし、生れたのが女の子で、その子が大きくなったら、

「俺はいってやる、お前の親父はお前が生れる前に名前も考えていなかったんだ。そういうひどい親父だったんだぞと教えてやる」

「それは困ります」

「困るなら早く考えろ」

夏にむかって生れるのだから、お夏がいいだの、母親のお千絵の絵と、源三郎の三を取ってお三絵がよかろうだとか、東吾は勝手なことを並べている中《うち》に酔いが廻ったらしく、床柱によりかかったまま居ねむりをはじめた。

「すっかり御馳走になりました。手前はこれで……」

飯を終えた源三郎が、そっとるいに挨拶して、浴衣を着がえ、八丁堀へ帰ったのが五ツ半（午後九時）で、彼を外まで見送って、るいが居間へ戻って来ると、東吾は目をさましていた。

「源さんは、すっかり鼻の下が長くなったなあ」

「でも、お寂しそうでしたよ」

奉公人しかいない家へ帰って行った。

「お独りの時はともかく、奥様がおありなのに、その奥様がお実家《さと》のほうでは……」

「俺もそう思ったよ」

「お千絵さまは、余っ程、お具合が悪いのでしょうか」

「源さんも心配しているんだ」

「様子をみにいらっしゃればよろしいのに……」

「そうも行くまい。町廻りの仕事がある。それに女房の家といっても、源さんにはいささか敷居が高いものだろう」

明日にでも、お千絵の様子をみに行って来てくれないかと東吾がいった。

「るいなら、むこうも気がねがないだろう」

仮に床についていたとしても、女同士なら話も出来る。

「そう致しますわ。お見舞旁《かたがた》、蔵前まで行って参りましょう」

「亭主というのは、女房の腹がでっかくなったら、傍にいては具合の悪いものなのかな」

るいがいれた番茶を飲みながら、ぽつんといった。

「お産は実家へ戻ってと、おっしゃる方が多うございますよ」

「俺は、るいの腹がでっかくなったら、いつも傍にいて、なでたり、さすったりしてやりたいと思う」

真顔であった。

「俺の子を産んでくれるんだ。それくらいはしてやりたい」

「馬鹿ばっかし……」

つい、赤くなって、るいは年下の男の膝を軽く叩いた。

「それが人情というものじゃないのか。生れる時は、産婆に追い出されるだろうが、それでも、なるたけ近くにいて、るいをはげましてやりたい。しっかりしろ、もう一息だ」

「およしなさいったら、恥かしい」

だが、るいは東吾のいいたいことに気がついていた。

臨月とはいっても、はやばやと夫をおいて実家へ帰ってしまったお千絵を、東吾は思いやりのない女と感じているようであった。

実際、るいの気持としても、なるべくなら東吾の傍にいたいし、そのぎりぎりの時まで東吾にすがりついていたいように思う。

女としてはしたないことに違いないが、東吾に手を握っていてもらったら、やすやすと赤ん坊を産むことが出来るような気がする。

「いつか、私にも授《さず》かる時があるでしょうか」

東吾の腕の中で、るいがささやき、東吾は返事のかわりに抱いていた手に力をこめた。

二

翌日、東吾が八丁堀へ帰ってから、るいは駕籠を呼び、蔵前の江原屋へ出かけた。途中でちょっとした土産物の用意をして、御蔵前片町の裏通りで駕籠を下りる。

江原屋は、店の裏側に別棟があって、そこが住いになっていた。

店と住いとは庭でつながっている。

板塀をめぐらした住いのほうの入口を入ると、女中が取次ぎに出た。

待つほどもなく、

「おるい様」

大きなお腹を抱えるようにして、お千絵が玄関へ出て来た。

「どうぞ、お上り遊ばして……」

通された部屋は、娘の頃からお千絵が使っていた八畳で、庭にむかっている。

縫い物が広げてあった。

赤ん坊のものではなく、男物の着物のようである。

「赤ちゃんの仕度はもうすっかり出来てしまったので、これは、旦那様の縫い直し……」

恥かしそうに笑いながら、縫い物を片づけているお千絵は、少し肥って娘の頃とあまり変っていない。

るいが土産物を出し、その唐饅頭でお茶になった。

「お産婆さんは、早くて今月のなかば、もしかすると二十日を過ぎるかも知れないというんですよ」

ゆるやかにしごきを締めたお腹をみて、お千絵は如何にも幸せそうであった。

「この前、しくじったから、今度は気をつけて、滅多に外にも出ません」

「それはいいけれど……」

一つ年上ということもあって、るいはほんの僅か姉さんぶった口調になった。

「昨日、畝様にお目にかかりましたの。赤ちゃんのこと、とてもたのしみにしていらっしゃいましたけれど、お屋敷へお戻りになってもお一人でしょう。なんですか、お寂しそうにみえました」

お千絵が目を伏せた。

「私も、こうしているのはつらいのですけれど……」

「あちらにいらしては、お具合が悪いの」

みたところ、顔色もよく、立居振舞いはいささか大儀そうだが、日常の暮しにさしつかえがあるとも思えない。

「いえ、そんなこともございません。奉公人も居りますし……」

ただ自分が八丁堀にいると、源三郎が気を遣うのだといった。

「町廻りのお仕事は御苦労が多いのは存じています」

盗賊が跋扈《ばっこ》すれば夜の警戒にも出かけねばならない。

「お屋敷へお戻りの時は、それこそ口もきけないほど、お疲れになっていらっしゃるのです」

それでもお千絵が待っていれば、一緒に飯を食い、なにやかやと話をする。

「一日中、私が一人ぽっちなのを、かわいそうだと思って下さって、町の面白い話やよそで聞いていらした噂などを、それは熱心に話して下さいます。それが申しわけなくて……」

一人なら、さっさと横になることが出来るのに、女房の機嫌を取って夜が更ける。

「それは、お千絵様、あなたから、お早くお休み遊ばせと申し上げればよろしいのに」

「申し上げても同じなのです。それに、私も旦那様のお話を聞くのは、本当にたのしゅうございますし……」

考えてみれば、一日中、一人きりも同然のお千絵であった。身重の体で外へ出ることは出来ないし、女中は年をとりすぎていて話し相手にはならない。

「それで、あなた、お実家《さと》へお帰りになったの」

「はい、それに、おるい様にこのようなことを申し上げるのはきまりが悪いのですが、身重になりますと、御夫婦のこともいけませんの。お医者様から、もう避けたほうがよいと……、旦那様も御承知で決してなにもなさいませんけれど、お傍にいると、私のほうが苦しくなってしまったりして……」

るいがまっ赤になったのに、お千絵のほうは淡々と話している。

「でも……」

漸く、るいが陣容をたて直した。

「身二つになるのに、まだ半月か、それ以上もかかるのでしょう。少し、長すぎるとは思いません」

「身二つになっても、暫《しばら》くは戻れませんの」

やや悲しげにお千絵はいった。

「赤ちゃんが小さい中は夜泣きをしたりして、旦那様のお邪魔になりますでしょう」

「そんな……」

るいが気色ばんだ。

「御夫婦ではありませんか、そんなことを気にしていたら……」

「でも、おたみさんもそうしているのですよ」

「おたみさん……」

「御存じでしょう。足袋屋《たびや》の……」

ああ、とるいが呟いた。

同じ御蔵前片町に、さるやという足袋屋があった。

そこの娘のおたみというのが、江原屋へ行儀見習に来ていたので、るいも何度か顔を合せたことがある。

「おたみさんのおつれあいは、日本橋本石町の布袋屋《ほていや》の番頭なのですよ」

新七といい、おたみと夫婦になった昨年、三十七歳で番頭になった。

「布袋屋では一番、年の若い番頭なのですって……」

番頭が十人からいる大店《おおだな》の呉服店であった。

奉公人は手代までが住み込みで、番頭になると通いが許される。従って、番頭にならない中は妻帯がむずかしかった。

新七が三十七で漸く嫁をもらったのも、そのためであった。

「おたみさん、つい一カ月前に赤ちゃんが生れたんですけれど、ずっと実家にいるんです」

「なんでまた、そんな……」

「大変なお仕事だそうですよ。新七さん」

田舎役という役目だといった。

「布袋屋さんへ地方から仕入れに来るお客を相手に御商売をするのですって」

水戸方、銚子方、上州方、甲州方、相州方と五つの地方に分けて、布袋屋では担当する番頭と手代をおいているが、新七が責任を持たされているのはその中の上州方だと、お千絵は説明した。

「上州から出て来るお得意様、といってもみんな呉服屋さんだそうですけれど、布袋屋へ仕入れに来ると、新七さんがつきっきりでお世話をするのです。品物をえらぶのから、お値段のとりきめから、お宿のお世話、お土産を買うのまで、なかには吉原《なか》をのぞいてみたいという人もいるし、芝居をみたいというのもいるそうですけど、そうした面倒までみてあげるのだから、家へ帰って来ると御膳をあがる気力もなくなって、ただもう寝るだけがたのしみみたいになってしまうそうです」

るいはあっけにとられて聞いていた。

なんの商売も大変だとは思っていたが、呉服屋の番頭に、そんな仕事があることは知らなかった。

「それじゃ、赤ちゃんが夜泣きでもして、新七さんがねむれないといけないから、おたみさんは実家へ帰っているんですか」

「そのようですよ、もう二、三カ月もするとお乳をよく飲んで、夜、目をさますことはなくなる。そうしたら、新七さんのところへ戻るって……おたみさん、たのしみに辛抱しているんです」

お千絵がいくらか目をうるませるようにし、るいはなにもいえなくなった。

子供を持ったことのない自分にはわからないが、夫婦の間にも、そうした遠慮があるのかも知れないと思う。

考えてみれば、東吾とも晴れて夫婦になったわけではなく、通《かよ》い夫《づま》のような関係であった。

祝言をあげて一緒に暮すようになり、子供が生れることになると、るいの知らないさまざまの思いが、夫婦の間に生じるものなのだろうか。

店のほうから大番頭が挨拶に来て、るいとお千絵の話題は自然に変った。

一刻《いっとき》ばかり、他愛もない世間話をして、るいは暇を告げて江原屋を出た。

駕籠を呼びましょうというのを断って、大川のほうへ歩いて行ったのは、蔵前の船宿で舟を頼み、川から大川端へ戻るつもりであった。

で、竹生という掛け行燈《あんどん》の出ている船宿へ入ると、川へ向った腰掛のところに、深川の長助が風呂敷包を持ってすわっている。

「こりゃあ、おるい様、お一人ですか」

この近くの知り合いに祝い物を届けに来ての帰りだといった。

「どうも、昼酒はききます」

赤くなった顔を照れくさそうに撫《な》でた。

深川へ帰る長助と同じ舟になった。長助は大川端へるいを送ってから帰ると決めている。

「実は御蔵前片町のさるやという足袋屋が女房の遠縁に当りますんで、そこの跡継ぎに漸く嫁がきまりまして、それで祝に行って来たような按配で……」

舟の中で長助がいい、るいは驚いた。

「それじゃ、おたみさんの弟の……」

「へえ、吉太郎っていいます奴で……」

お千絵の所で噂話をしたばかりであった。

「さるやのおたみさんなら何度か江原屋でお目にかかったことがあったのですが、布袋屋の番頭さんと一緒になりなすったそうですね」

夕風が出て来ているのに、盛んに扇をぱたつかせている長助に訊いた。

「へえ、昨年の春に嫁入りしまして、早いもんで、もう子供が出来ました」

お産の前から娘が実家へ帰って来ているので、

「さるやじゃ、親父もお袋も手放しで喜んでいました。なにせ、初孫でござんすから……」

と長助が目を細くする。

「かわいいもんでしょうねえ。娘さんの産んだ赤ちゃん……」

「そりゃもう、こたえられませんや。おたみちゃんのつれあいはなんでも来月早々、江戸を発《た》って上州へ掛取りに廻るんで、江戸へ帰って来るのは早くて十三、四日、まあ、盆の節季勘定でも終ったら、赤ん坊をつれて御亭主のところへ戻ろうかと、そうなったら、じいさんばあさんは急に寂しくなるだろうと今から心配しています」

「御亭主がお留守になるんですか」

ふっと、るいはため息をついた。

「あたしは今、江原屋へ行ってお千絵さんに会って来たんですけどね、昨夜、畝様がおみえになって、もう半月前からお一人暮し。そりゃあお産は女の大事だし、身重の体でお仕事の邪魔になってはというお千絵さんの気持もわからなくはないけれど、御夫婦ってそんなものだろうかと、つい、思ってしまってね」

たそがれかけている川岸へ目をむけたるいに、長助が少しばかり膝を乗り出した。

「実は、そのことで、あっしも他ながら、気を揉んで居りましたんで……」

畝源三郎から手札をもらっている長助のことで、源三郎が本所深川を廻る時は必ず供をしている。その他にもなんのかのと用事があって、八丁堀の畝源三郎の屋敷へ出かけて行くことが多いのだが、

「あっしのような気のきかねえ者がみていても、旦那のお召し物、足袋だの手拭だの、ちょいとしたものにも、御新造様が屋敷にお出でなさる時と、お留守の時じゃ、なんとなく様子が違いますんで……」

身の廻りのことも食べもののことも、奉公人では今一つ行きとどかない。

「なによりも、旦那に元気がおありなさらねえ。そいつがお供をしていて、一番、気になります」

「お千絵さんは疲れてお帰りになった時赤ん坊が夜泣きをしたりしたら、お体にさわるからと心配しておいでだったけれども……」

長助が首をひねった。

「そいつは……そういうお考えもあるとは思いますが……」

「長助親分のところはどうでした」

「あっしんところですか」

笑いながら、ぼんのくぼに手をやった。

「嬶《かかあ》の奴は腹がでかくなっても、平気で店で働いていましたから……。あっしはお上の御用でとび廻っていますし、店は嬶が職人をとりしきってましてね……ですが、最初の子供の時は驚きました」

夜、御用をすませて戻って来ると、

「表はもう閉っていまして、くぐりを開けて入《へ》えったんです。嬶が脂汗を流しながら、釜に湯を沸かしていましてね。あっしの顔をみると、もの凄い顔でどなりました。産婆を呼んで来い、生れちまうって……」

長助が話しているのは、もう十何年も前に歿った前妻のことであった。二十何年も昔のことを、長助はついこないだのように話している。

るいが微笑した。その光景が目に見えるようである。

「それで、どうしたの」

「韋駄天《いだてん》走りで産婆を迎えに行きました。飯の最中だとか、愚図愚図ぬかしやがるのをひっかつぐようにして家へ帰って来ますと、湯屋へ行っていた職人がおろおろしてやがる。嬶はどこだっていったら、奥で布団を敷いてるって……この馬鹿野郎、なにしてやがるってんで張り倒しましたね」

「お産婆さんは間に合ったのでしょう」

「ぎりぎりだったっていってました。産婆が奥へ行ったら、すぐにおぎゃあって聞えまして、あとは産婆のいう通り、湯を汲んだり、水を汲んだり、なんにもおぼえちゃいませんや」

長助の口許に、なんともいえぬいい笑いが浮んでいるのを、るいは見守っていた。

「それじゃ、長助親分は赤ちゃんの面倒もみたんですか」

「いいや、そいつはやりません。嬶のお袋だの妹だのが手伝いに来てくれましたんで……ですが、たまには、おっかなびっくり抱かせてもらったりしました」

「赤ちゃんが夜泣きをした時は、やかましいとお思いだった……」

「気になりませんや。手前の餓鬼でござんすからねえ。ぎゃあぎゃあ泣いてる傍で布団かぶって寝ちまいました。嬶は気を遣って土間であやしたりしてましたが……」

そうやって育てた子供の中、上の長太郎は蕎麦屋の跡をついでいるし下の娘は嫁入りして子供も誕生している。

「早《はえ》えもんです、歳月なんてもんは……」

舟が大川端へついていた。

礼をいって、るいは舟を下りる。「かわせみ」まではほんの一足だったが、長助は律義に店まで送って来て、嘉助に挨拶をし、そそくさと帰って行った。

三

長助の話を東吾にしたいと思いながら、るいは、なかなかその機会に恵まれなかった。なにしろ、東吾のほうから「かわせみ」へ来てくれなければ、顔をみることも出来ない。

「どうも、畝の旦那がお風邪をおひきになったそうで……、最初に無理をなすったのが祟《たた》って、昨夜からひどいお熱で、若先生が番町の天野宗太郎様をお迎えにいらしたとか」

八丁堀まで様子をみに行った嘉助が慌てて知らせに来て、るいは井戸でよく冷やした瓜だの、折よく大川へ売りに来た鯉《こい》だのを「かわせみ」の若い衆に持たせて、八丁堀へかけつけて行った。

畝源三郎の屋敷の台所で、東吾は神妙な顔をして火鉢に火をおこしている。

傍で文句をいっていたらしい天野宗太郎が、るいをみると嬉しそうにいった。

「ちょうどいいところに……早速だが、この薬を煎じて下さい。どうも、あなたの御亭主は火をおこすのが苦手のようだ」

そこら中を灰だらけにした東吾が忌々しそうにどなった。

「なにいってやがる。この暑い最中に火鉢を出せの、火をおこせのと、勝手なことばっかりぬかしやがって……」

まあまあと、るいが火鉢の前にすわり、東吾は宗太郎と一緒に奥の部屋へ行った。そこに源三郎が寝かされているらしい。

薬が煎じ上ったところへ、長助が来た。深川へ蕎麦粉を取りに行って来たという。

「蕎麦がきがいいんじゃねえかと若先生がおっしゃいましたんで……」

東吾が煎じ薬を取りに来て、又、あたふたと戻って行く。それをちらとみて、長助がささやいた。

「江原屋へは、知らせに行かねえでよろしいもんでござんしょうか」

身重の体でも、お千絵は畝源三郎の女房であった。

「先程も若先生にそう申し上げたんですが、畝の旦那が、もし風邪がうつってはいけないし、駕籠に乗ったりして、この前の二の舞になるといけないから知らせねえようにとおっしゃったそうなんで……」

そこへ出て来た東吾もいった。

「宗太郎がいったんだ。身重の時に風邪にかかると厄介だそうだ」

そうなると知らせに行くわけにも行かない。

「どっちみち、今夜は宗太郎も泊ってくれるそうだし、俺もここにいる」

るいもいった。

「私も看病させて頂きます」

「あっしも台所に居りますから……」

表に駕籠が止った。

誰だろうと耳をすましていると、

「お嬢さん、大丈夫でございますか」

江原屋の手代の声がして、

「あんなにのろのろ来たんだもの、なんともありゃあしませんよ」

お千絵の返事が聞えた。

「おい、誰か知らせたのか」

東吾がびっくりして訊いたところへ、

「まあ、いったい、どうなさいましたの」

えっこらしょっと大きな腹を両手で支えるようにして、お千絵が入って来た。

「お千絵様こそ、どうしてこちらへ……」

お千絵が、はにかんだ微笑を浮べた。

「さるやのおたみさんのおつれあいが上州へ掛取りに出かけることになったんです。それで、今日、さるやへ赤ちゃんを抱きにいらして……」

たまたま、お千絵はおたみに赤ん坊の扱い方を習いに行っていて、新七が我が子を抱き、頬ずりしているのを傍でみていた。

「たった十二、三日のことだけれど、江戸を離れるのが寂しいとおっしゃって……おたみさんも泣いていました。それをみていたら、うちのことが気になって……」

そろそろと行ってもらうからと番頭を納得させて駕籠で帰って来たといった。

「うちの旦那様に、なにか……」

煎じ薬の匂いで、お千絵ははっとした。

「それがその、源さんは風邪なんだ。熱がひどくて……」

東吾がいいかけるのに、

「どうして知らせて下さいませんでしたの。東吾様もおるい様も長助親分も来ておいでなのに……」

お千絵の血相が変って、東吾は狼狽《ろうばい》した。

「いや、医者がね、身重の女が風邪をひくとよくないというものだから……」

だが、お千絵はその東吾を押しのけるようにして奥の座敷へ行った。

天野宗太郎に、夫の容態をしっかりした声で訊いている。

やがて、宗太郎がこっちへ来た。

「夫婦は一心同体とかいいますが、虫が知らせたんですかね」

不安そうな三人に、大きく手を振った。

「源さんは呼吸がらくになって来ています、もう心配はない。今は薬のせいでねむっていますが、目がさめた時、奥方が傍にいるのが、なによりの薬になりますよ」

今夜は「かわせみ」へ泊めてもらって様子をみると宗太郎がいい、とりあえず長助だけが残って、他は「かわせみ」へひき上げることになった。

「やっぱり女房なんだな」

東吾がほっとしたようにいい、「かわせみ」へ戻ると、すぐ酒になった。

ぼつぼつ日が暮れる。

るいが見舞に持って行った鯉は、宗太郎が器用に生き血を取って、源三郎に飲ませるように手配をして来たが、るいの部屋でも、それとは別に鯉の洗いが出た。

「宗太郎も早く妻帯したほうがいいぞ。病気になって看病してくれるのが弟子ばかりでは味けなかろう」

東吾がいい、宗太郎がるいを眺めて笑った。

「おるいさんのような人がいたら、いつでも祝言をしますがね」

「馬鹿野郎、人の女房に惚れやがって……」

「東吾さんもそそっかしいな。のような人といっているではありませんか」

ひとしきり、わいわいさわいでいるところへ長助がやって来た。

畝源三郎は今しがた目がさめたという。

「そりゃあいいお顔色になって、すぐに鯉の生き血をさし上げたんですが、空腹だとおっしゃるので、あっしが蕎麦がきを作ろうとしたんです」

台所で仕度をしていると、お千絵が来て、

「御自分でお作りなさるとおっしゃいまして……その、こう申しちゃなんですが、あっしは本職の蕎麦屋で、蕎麦がきはお手のものでございます」

その長助をさしおいて、お千絵が蕎麦がきを作った。

「まあ、素人さんのことで、あんまりいい出来じゃございませんでした。それを、畝の旦那は旨《うま》い、旨いとおっしゃって……」

あげくの果に、もういいから帰ってくれと長助はいわれた。

「どうも、お邪魔のような按配で、仕方がねえからお暇申《いとまもう》して来ました」

なんとなく、がっかりしている。

「嫉《や》くな、嫉くな。まあ一杯やれ。長助親分だって深川へ帰ればしっかり者の女房が待っているんだ」

東吾が盃をさし、その夜の長助はかなり酔った。

翌朝、「かわせみ」へ泊った天野宗太郎と東吾が八丁堀の畝家へ行ってみると、源三郎は布団の上に起きて、お千絵に粥《かゆ》を養ってもらっていた。

「どうも、御厄介をかけましたが、この分なら、明日から奉行所へ出られると存じますので……」

いささか、やつれた顔ながら、声にも元気がある。

源三郎の脈と熱をみた宗太郎のみたても悪くなかった。

「まあ、あまり無理をしないように、御新造に心配をかけると、お腹の子供のためによろしくない」

二人揃って八丁堀を出た。

「ついでながら東吾さん、拙宅まで御同行下さい」

源三郎の薬を調合するので持って行ってくれと宗太郎にいわれて、東吾は番町までついて行った。

「みちゃいられねえな。全く……」

茶までお千絵が、子供にしてやるようにふうふう吹いてさましてから、茶碗を源三郎に持たせていた。

「羨《うらやま》しかったら、東吾さんもおるいさんに頼んで、ふうふうしてもらったらどうですか」

「宗さんのほうはどうなんだ。羨しくなかったか」

「ぼつぼつ、伴侶が欲しくなったと昨夜もいったじゃありませんか」

番町の天野家で薬をもらい、東吾はまた、炎天下を歩いて八丁堀へ帰って来た。

お千絵は、すっかり世話女房に戻って甲斐甲斐しく、といっても大きなお腹のことだから、てきぱきというわけには行かないが、下婢に指図をして庭に打ち水をさせたりしている。

「女房が家にいるといないでは、こんなにも家の中が違うものかな」

独り言をいい、東吾は薬をお千絵に渡して兄の屋敷へ帰った。

四

天野宗太郎が二、三日は養生したほうがいいといったのに、畝源三郎はお千絵が帰って来た翌々日から町廻りに出ているという話を東吾は兄の通之進から聞いた。

「あいつの律義は筋金入りですからね」

また、ひっくり返らねばいいと東吾は内心、ひやひやしていたが、そんなこともなく、

「御新造様があれから御実家へお帰りになることもなく、ずっとお屋敷においでなさるようで……」

長助が嬉しそうな顔をしていいに来た。

七月十四日のことであった。

その日、東吾は兄に命ぜられて、狸穴の方月館の松浦方斎へ中元の挨拶旁《かたがた》、兄嫁の心づくしの上布の反物、それに加賀の酒を持って出かけた。

方月館の稽古は今月は二十日からだったが、道場には自主稽古に若い連中が何人か来ていて、東吾もつい、稽古着に着がえ、竹刀《しない》を取って一汗かいた。

松浦方斎は老齢のせいもあって、夕飯が早い。

まだ明るい中から、東吾とほんの僅かの酒を飲み、飯が終る頃に月が上った。

あと一日で十五夜である。

「商家は節季勘定で、今夜が一番いそがしいものでございますよ」

以前、日本橋の薬種問屋の内儀だったおとせが思い出したようにいった。

その日暮しの貧しい生活を送っている者は別として、家をかまえるほどの者は大方が出入り店を持ち、酒屋だの米屋だのは月末にまとめて勘定ということになる。

そうした小売りの商店は問屋への支払いが半期ごとで、上半期の節季勘定は七月の盆前、下半期は大晦日《おおみそか》と決っている。

「七月になりますと、問屋の奉公人は掛取りに廻りまして、その折、取引先に応じて中元の品を持って参ります。買い上げ高の多いところには砂糖だの浴衣だの、ごく普通の相手には扇子や手拭などをその年々の趣向をこらして用意いたします」

おとせの話をききながら、ふと、東吾はお千絵が畝家へ戻って来た時の話を思い出していた。

さるやの娘のおたみの亭主は、日本橋の布袋屋の番頭をしていて、節季勘定の掛取りに上州へ向ったらしい。

そのことをおとせにいうと、流石《さすが》に女だから呉服屋の内情にはくわしかった。

「越後屋さんだの白木屋さんだのの大店もそうですが、布袋屋さんあたりでも、それは手広く商売をなさっておいでですから……」

上州といっても一カ所ではなく、

「浦和、大宮から始まって熊谷や本庄、藤岡、伊勢崎や足利などをぐるりと廻って来るのが普通のようですから、それは大変な旅になるようでございます」

全部で三十カ所ぐらいを十二、三日で廻って掛取りをすませ、節季勘定に間に合うように江戸の店へ戻ってくるのは容易なことではなくて、

「私の聞いた白木屋さんの手代の話では、帰りに大雨が続いて、道中の橋が落ち、それは苦労して帰って来たということがあったようでございます」

という。

なんの仕事でも、それで飯を食って行くのは容易なことではないと、東吾は感心して聞いていた。

その夜は方月館へ泊って、と東吾自身、考えなかったわけでもなく、方斎もおとせもそうするように勧めたが、夏のことで、月はよし、昼間帰るよりも夜のほうが遥かに楽なこともあって、東吾は五ツ前(午後八時前)に方月館を出た。

夜風に吹かれながら、途中から駕籠を頼み、八丁堀まで戻って来ると、ちょうど畝源三郎の家のあたりに人が立っている。

近づいてみると、東吾も顔を知っている江原屋の番頭で、その前でお千絵が泣いていた。

「どうかしたのか」

声をかけたところへ、奥から源三郎が出て来た。

「布袋屋の番頭新七が行方知れずだというのです。手前はこれから布袋屋へ参りますが」

なんとなく東吾も一緒に歩き出した。出かける際に、源三郎がお千絵に、

「心配するな。きっと、なにかの間違いだ。お前は先にやすんでいなさい」

と甘い声でいったのが耳に入っている。

「新七の女房が、さるやの娘か」

歩き出してから訊いた。

「左様です。おたみと申して、お千絵の幼友達です」

「つまり新七というのは、女房の実家へ来て旅に出るのがつらいと泣いた奴だろう」

生れたばかりの我が子を抱いて、別れを惜しんでいるのをお千絵が見て、それがきっかけで八丁堀へ戻って来た。

「どうして行方知れずだとわかったんだ」

「予定では昨日中に布袋屋へ戻る筈だったと申しますが……」

「旅のことだ、一日や二日遅れることもあるだろう」

「佐野で別れた手代は十日に戻っているそうです。それと、どうも布袋屋では新七が売り掛け金を持って逃げたのではないかと疑っているようです」

「冗談いうな、女房をもらって子供が出来たばかりじゃねえか。女房子を江戸に残してどこへ逃げるんだ」

「それはそうですが、布袋屋とて理由もなしにそんな疑いをかけるとは思えません」

布袋屋はくぐりを開けていた。

そこに、このあたりの地廻りの仙太というのが立っている。

「これは旦那、夜分に御厄介をおかけ申します」

帳場には布袋屋の大番頭が青い顔をしてなすこともなくすわり込んでいた。

「主人は商用で上方へ出かけて居りまして、明日には戻る筈でございますが……」

帰って来るまでは大番頭が責任者ということになる。

「手代が先に帰ったというが……」

源三郎が訊き、その手代の伊之助というのが頭を下げた。

「佐野で別れたというが……」

「へえ、手前は中元の配り物を背負って参りましたので……」

得意先への配り物で、おとせが東吾に話したように砂糖だの干菓子、風呂敷、扇子だのかさばるもの、重いものが多いから番頭一人では持ち切れず、手代と下男が一人ずつついて出かけた。

「配り物の大方は、鴻巣、熊谷、秩父、大宮、それと本庄、藤岡でございまして」

藤岡から高崎に出る途中で、まず下男が先に江戸へ帰り、手代と番頭で前橋、伊勢崎、館林と廻って来た。

「佐野から先は、そう重い荷もございませんから、いつも、手前が先に江戸へ戻りますので……」

背負う荷もないのに、いつまでも旅を続けていれば、それだけ路用の金がいる。用のなくなった者からどんどん江戸へ戻るというのは商家の智恵であった。

「佐野から新七は一人で、どこを廻ったのだ」

それには大番頭が答えた。

「古河に大きな得意先が十軒ほどございます。それから幸手に五軒、粕壁と越ヶ谷を合せて六軒で……」

掛取りはそれで終いで、新七は草加から千住へ出て江戸へ帰って来る予定であった。

「伊之助と九日に佐野で別れたのでございますから、どう手間どったところで十二日の夜、十三日中には江戸へ戻らねばならないところで……。この数日、天気も悪くならないし、道中に川止めがあったの、橋が普請中ということもございませんそうで……」

「新七が江戸へ持って帰る金は、どのくらいのものか」

「それは、熊谷と桐生で飛脚に頼んでそこまでの分を送って居りますので、新七が持って帰りますのは、およそ百七、八十両だったかと……」

それにしても大金であった。

「道中で賊に襲われるということはないのか」

「それは要心にも要心をして居りまして、夜は早く宿へ入りますし、街道を参りますのでまず滅多なことはございません」

「すると、新七が金を横領して逃げたというのか」

大番頭が困惑し切って頭を下げた。

「よもやとは存じますが、今夜になっても帰って参りませんのは、他にこれといって考えようもございませんので……」

東吾が伊之助の傍へ寄った。

「お前さんは、いつも上州方か」

「はい、三年前から上州方を致して居ります」

「新七も、長らく上州方だな」

「はい」

「戻りは、いつも千住か」

「左様で……」

布袋屋では板橋から出発して、千住へ廻るのが慣例となっている。

「千住で泊ることはあるのか」

「はい、夜旅を避けますので、大方、千住が江戸へ入る最後になりまして……」

「新七に馴染がいたんだろうな」

伊之助が真っ赤になった。

「年に二度の掛取りの旅だ、最後の夜ぐらいは羽をのばしたかろう」

集金の旅だけに緊張を強いられて十数日、千住大橋を渡れば江戸という場所で迎える夜に、血気盛んな若い男が、

「まさか、膝小僧を抱いて寝やあしねえだろうよ」

東吾が笑い、漸く、伊之助の口から千住の宿場女郎の名前が出た。

「源さん、千住まで行ってみるか」

日本橋から千住へ入ったのが深夜であった。

新七の馴染の女郎はお雪といい、ちょうど客が来ていたのだが、やりてが気をきかせて呼んで来た。無論、御用の筋とは知らせていない。

「野暮用ですまないが……」

こういう所へ来ると東吾のほうが万事に手っ取り早くて、

「布袋屋の新七がお前の所へ来たのは十二日の夜か」

お雪がうなずいた。

「なにかいつもと変ったことはなかったか」

「お内儀《かみ》さんに子供が出来たっていってました。これからはもう来ないつもりだって……いつもより余分にお金をもらいました」

「新七は朝、発《た》ったんだな」

「ええ、十三日の朝早くに……、子供の顔をみるのがたのしみだって……」

まだ朝霧の晴れない中に、宿場を出て行ったという。

「ところで、お前、亭主がいるんだろう」

東吾がざっくばらんな調子でいった。

「新七の話を、亭主にしたかい」

お雪が困ったような薄ら笑いをした。

「もういい、あんまり客を待たせるな」

妓《おんな》を部屋へ戻して、東吾がやりてに訊いた。

「お雪のひもはどういう男だ」

「船頭なんですよ、弥十っていいます」

「あんまり評判はよくねえだろう」

「手なぐさみが好きで……お雪が苦労してます」

今、お雪の部屋へ来ているのが、その弥十だといった。

「珍しく賭場《とば》で目が出たって、あたしに一分くれましたんで、今年の空梅雨は弥あさんのせいかなんて冗談をいいました」

東吾が源三郎をみた。

「とりあえず、そっちのほうでしょっぴきましょう」

博打は御法度であった。取締りは町方である。

お雪の部屋から、源三郎がひったてた弥十は、番屋で懐を調べたところ、まだ五十両近く入った財布が出た。布袋屋の印が入っていて、大番頭が呼ばれてそれをみると、間違いなく新七のものだといった。

十五日の朝になって、千住大橋のやや上流の下尾久村の百姓が大川の岸辺の杭《くい》にひっかかっていた新七の死体をみつけて届け出があり、遂に弥十が泥を吐いた。

かねがね、お雪から布袋屋の番頭が上州へ集金に出た帰りに寄るときいていた弥十は、賭場の金めあてで、早朝に出発する新七を待ち受けていて、道灌山の近くの大百姓の娘が近く嫁入りで、是非その仕度を布袋屋に頼みたいといっていると言葉巧みに誘い出して、人の気配もない畑の中で新七を絞め殺し、金を奪った上で大川へ死体を放り込んだ。二日ばかり賭場へ入りびたって、勝ったり負けたりで百両ばかりをすってしまい、お雪のところへやってきたところで御用になった。

「おたみさんがかわいそうです。こんなことになるなら、赤ちゃんを産む時も、そのあとも、ずっと新七さんと一緒にいればよかったって……」

大泣きに泣いていたお千絵だったが、それから三日目、まだ夜も明け切らない中に東吾は用人から叩き起された。

「御門前に深川の長助がやって参りまして、若先生を呼んでくれと……」

その長助は鉢巻をして、片手に薪《まき》を一本つかんでいる。

「来て下さい。生れるんで……」

東吾が足袋はだしで畝源三郎の家へ走って行くと、そこにはもう、長助が走り廻って知らせたという「かわせみ」のるいにお吉、嘉助までが来ていて、それらに囲まれるようにして源三郎が立っている。

「大丈夫ですよ。お産婆さんが、もう間もなくだっていってましたから……」

るいがそっとささやいた時、奥座敷のほうから赤ん坊の泣き声が一つ、二つ目はまことに元気よく、高らかな産ぶ声であった。

お吉とるいが慌ててとんで行く。

源三郎はへたへたと腰をついた。

「長助親分、なにぼうっとしてるんですよ、早くお湯を運んで……」

お吉がどなり、るいが涙ぐんだような顔で東吾と源三郎のところへ来た。

「おめでとうございます。男の赤ちゃんですって……お千絵さんもお元気ですよ」

返事も出来ないでいる源三郎の代りに、東吾がそわそわと立ち上り、また、腰を下した。

「おい、源さん、源太郎誕生だぜ、驚いたなあ、源さんが親父になっちまいやがったなんて、驚き桃の木山椒《さんしょ》の木だ」

その東吾の手を握りしめて、源三郎がぽろっと涙をふりこぼした。

女たちは、賑やかに座敷と台所を往来し、男たちは、なんとなく源三郎を囲むようにして、しんとしている。

雀の声が、まだ明け切らない早暁の庭から聞えて来た。

本書は一九九二年五月に刊行された文春文庫「夜鴉おきん　御宿かわせみ12」の新装版です。

文春文庫

夜鴉《よがらす》おきん　御宿《おんやど》かわせみ12

定価はカバーに表示してあります

2005年6月10日　新装版第1刷
2021年5月15日　第8刷

著　者　平《ひら》岩《いわ》弓《ゆみ》枝《え》
発行者　花田朋子
発行所　株式会社　文藝春秋

東京都千代田区紀尾井町3-23　〒102-8008
TEL　03・3265・1211㈹
文藝春秋ホームページ　http://www.bunshun.co.jp

落丁、乱丁本は、お手数ですが小社製作部宛お送り下さい。送料小社負担でお取替致します。

印刷製本・凸版印刷
Printed in Japan
ISBN978-4-16-716893-3